某人遺失的事物，
被其他人拾起。
某人失去的事物，
是其他人的新邂逅。
我們所有人，
都是像這樣連繫在一起。

失去時悲傷，
邂逅時歡笑，
在尋求救贖時，
又有了新的邂逅。

不論是今天，或是未來——
我們都會像這樣持續活著。

末日時在做什麼？能不能再見一面？ 11

Do you have what THE END? May I meet you once again?

枯野瑛 Akira Kareno

illustration ue

誕生時的事情？我嗎？
雖然這不是什麼祕密，但你要答應我不能笑喔？

你知道四十七號懸浮島吧？那裡有個大採石場。
那一天，在採石場工作的作業員大叔們圍在一起吃便當。
然後不知不覺間，身邊居然多了一個無徵種的小孩，
而且還開始吃起了大叔們的配菜。
……喂，就說不能笑了。
當時的心情？呃……我想想。
不是覺得「好吃」或「好興奮」。
比較接近「這是什麼」吧。眼前有個不曉得是什麼的東西，
好像能放進嘴巴裡，試試看吧，唔哇，這是什麼啊——大概是這樣。
……喂，我不是跟你說了不能笑嗎？

即使是缺乏才能的妖精，在剛誕生時還是容易繼承前世的感情——對吧？
嗯，我也知道這個說法，我的狀況大概就是那樣。
我沒什麼有用的才能，從一出生就是我這個樣子——
無論身心，都專屬於我自己。
嗯，不過我最近總算開始覺得這樣也不錯了。

明明有那麼多幸福，
與他們同在。
所以，這個世界一定──

末日時在做什麼？能不能再見一面？

11

枯野 瑛
Akira Kareno

illustration ue

Kadokawa Fantastic Novels

末日時在做什麼？能不能再見一面？

contents

characters

Do you have what THE END? May I meet you once again?

瑪格莉特・麥迪西斯

暱稱為瑪格或莉妲。
諜報組織「艾爾畢斯殘光」的首領。

威廉・克梅修

曾以準勇者(Quasi brave)身分與星神戰鬥過的成員之一。
雖然死了，但透過古代祕術暫時甦醒。

〈終將來臨的最後之獸(Heritier)〉

〈十七獸〉。能創造出吸收者期望的景象，
一個獨立的世界。
將二號懸浮島連同星神一起吸收後，
就一直沒有動靜。

艾陸可

年幼的星神(Visitors)。妖精們的靈魂始祖。

蒙特夏因

少年。與艾陸可一起在妖精倉庫生活。

「伊歐札」

阿爾蜜塔在戰場上遇見的青年。
來自遙遠的國家，為了尋找世界樹四處旅行。

愛瑪・克納雷斯

緹亞忒在城裡遇見的女性。身邊有許多貓。

極星大術師(Magus of Pole Star)

緹亞忒在城裡遇見的穿白披風的少年。
擁有豐富的知識，能夠施展強大的祕術。

紅湖伯(Camine Lake)

地神(Poteau)之一。

黑燭公(Ebon Candle)

地神之一。

翠釘侯(Jade Nail)

地神之一。

費奧多爾・傑斯曼

艾爾畢斯國出身的墮鬼族(Imp)。
護翼軍的前四等武官。喜歡甜甜圈。

緹亞忒・席巴・伊格納雷歐

黃金妖精(Leprechaun)。成體妖精兵。
英雄。現為隸屬護翼軍的三等武官。

潘麗寶・諾可・卡黛娜

黃金妖精。成體妖精兵。
現為隸屬護翼軍第五師團的四等武官。

可蓉・琳・布爾加特里歐

黃金妖精。成體妖精兵。
現為隸屬護翼軍第五師團的四等武官。

娜芙德・卡羅・奧拉席翁

黃金妖精。成體妖精兵。
目前隸屬護翼軍第二師團，相當於三等技官。

菈恩托露可・伊茲莉・希斯特里亞

黃金妖精。前妖精兵。
目前擔任大賢者的代理人。

艾瑟雅・麥傑・瓦爾卡里斯

黃金妖精。前妖精兵。
已經退休並返回妖精倉庫。

阿爾蜜塔

黃金妖精。成體妖精。
未被登錄為妖精兵。

優蒂亞

黃金妖精。成體妖精。
未被登錄為妖精兵。

莉艾兒

年幼的黃金妖精。住在妖精倉庫。

「逐漸縮減的天空」

-as an intermedio-

六號懸浮島，貴翼帝國的某個城鎮——

從塔頂往下看的街景顯得十分寧靜。

無論是往來的人潮，或他們手上的行李都一如往常。帶著疲憊或爽朗表情返家的翅膀們、冉冉上昇的晚餐炊煙，以及從某個家庭傳來的孩童嘻笑聲。

「該不會消息還沒傳到民間吧？」

一名有著紅色翅膀的騎士如此低喃。

「應該傳到了吧。」

另一名穿著軍服背對騎士的貓頭鷹，僅將頭轉到後方說道。

「假設有一百人收到通知，其中八十人看過通知，六十人看得懂通知的內容，四十人真正理解其意義，二十人察覺自己該做些什麼，十人打算採取行動，然後選擇不行動的九十人，就會壓制『企圖擾亂和平』的那十人。」

「……所以才沒有人採取行動嗎？我是不希望真的有那麼多笨蛋……」

「這沒什麼好哀嘆的。這可以說遠比有人自認聰明而做出愚蠢的行為要好得多。」

「呃……是這樣嗎……」

騎士搔了一下像玉米鬚般的金黃色頭髮。

「算了，反正我是笨蛋，所以會聽其他聰明人的話。修弗切羽將軍，請對我下令吧。只要是為了那傢伙，我什麼都願意做。」

「我就心懷感激地接受你的提議，然後毫不客氣地使喚你吧。大家將會開始畏懼你的名字，而這對帝國人民來說也會是劑不錯的麻醉藥呢——英雄貝諾·賈銘。」

「英雄啊。說真的，我既不是那種性格，也不是那塊料呢。」

騎士苦笑著回答。

十一號懸浮島，科里拿第爾契市——

一陣風將沒黏好的海報從牆上吹走。那張紙在空中旋轉飛舞著穿越馬路，最後落在石板路上。

一位女性用毛茸茸的手撿起那張海報。

那是至天思想的宣傳海報——他們的教義認為這個懸浮大陸群（Regulu Ere）的存在方式是錯的，應該讓一切回歸更加高遠的至天，方為正途。

許多都市從以前就將這種思想視為禁忌並加以禁止。這座科里拿第爾契市也不例外。然而即使如此，目前別說將其根除了，連抑制都有困難。無論何時，都會有想要「捨棄一切讓自己變輕鬆」的人存在。不需要壓抑這種想法，捨棄才是正確的，這種豁出去的態度就是至天思想的全貌。

至天**思想**只是個名目。那根本不是什麼宗教、思想或信條，真的就只是先放棄再說而已，所以無論哪個時代或城市都一定有人接受。

尤其是在局勢動盪不安的時候，他們高聲歌頌末日。

「雖然有些人單純只是無法承受不安……但又不是所有人都被壓垮了。我很清楚，不過……」

狼徵族（Lycanthropos）的女性呻吟似的說道，她用力握緊海報，彷彿隨時會流下悔恨的淚水。

「明明……那些人仍在為了守護我們而戰……」

她抬起頭看向立在廣場中央的全新青銅像。

一個無徵種的少女拿著一把劍，做出仰望天空的姿勢，不過銅像當然不會動，只是佇立在那裡。

三十八號懸浮島，萊耶爾市——

「辛苦了。我都聽說了，你那邊的狀況好像也很不妙。」

一名身穿軍服的被甲族（Armalo）以缺乏緊張感的聲音如此說道。

「縱使暴風中難留足跡，依然能見同道者之肩章。」

同樣身穿軍服的爬蟲族（Reptrace）以缺乏抑揚頓挫的聲音說道。

「雖然很高興聽你這麼說，但我這邊還算好的，畢竟附近居民幾乎都曾見過〈獸〉。大家都曾想像過世界末日，如今已經不會再認為那只存在於想像當中。」

爬蟲族說完後，吐舌哼了一聲。

「草堂之風依然安穩？」

「還不至於那樣，只是相對沒那麼驚慌失措而已。畢竟五年前也曾發生過類似的事，所以即使聽說懸浮大陸群即將墜落，依然能以同樣的心態面對。」

「知冬者眾，備冬者寡。正因有人積茅囤薪，方能靜待春日來臨。」

「的確。只是這樣確實幫了大忙，讓我的工作輕鬆不少。啊，要再來一杯茶嗎？」

「有勞了。」

被甲族從茶壺裡倒出藥草茶。爬蟲族用指尖抓起茶杯——對體型高大的他來說，茶杯就像玩具一樣小——津津有味地把茶喝完。

「對人生經驗豐富的長命種來說，無法想像未來發生自己毫不了解的事情。對短命種來說，想像明天之後的未來毫無意義。至於其他種族，則是同時因為這兩種理由而無法思考未來。我們實在不適合思考看不見的未來呢。」

「此乃無趣之文字遊戲。」

「怎麼說？」

「壽命之長短，與風中沙塵無異。從器皿吹落大地的沙塵，每次的數量皆無區別。吾等存在於此，風亦僅存於這一瞬之間。」

「啊……原來如此。雖然實際上很長壽的你，不太適合說這種話。」

「無論何人，都無法於此刻感受明日之風。即使想乘風窺探，無論何者，眼中都只能看見現在的天空。」

「或許是這樣沒錯，但抱著這樣的想法上前線，不覺得辛苦嗎？對軍人來說，預測下一步通常是件重要的事情吧？」

「正因為重要，才不該用步幅測量。無論身軀大小，或是否乘風前進，吾等全都與暴風同行。」

「……的確，也許是這樣呢。」

兩人一同喝了口茶。

直挺挺地站在被甲族背後的狗頭秘書官，毛皮底下冒出冷汗。這兩個人真的不是在各說各話嗎？

不知位於何處的小懸浮島——

「狀況怎麼樣？」

留著邋遢鬍鬚的鷹翼(Falcon)族男子，微微舉起一隻手打招呼。

一名長著貓耳，但沒有其他明顯特徵的女子，像在回應他般輕輕揮動長著毛皮的手。

「託你的福，還算順利。這次也有拿到藥嗎？」

「嗯，勉強拿到了。我用同樣的管道送出去了，價格的部分也麻煩照舊囉。」

男子笑著說完後，表情突然變得陰沉。

「接下來會越來越難取得藥。畢竟供給量原本就少，世界又變成這個樣子。軍方和都市都用緊急狀況的名義開始大肆收購。現在已經無法透過正常管道取得，非法管道不僅價格很貴，還只能買到劣質品。」

「……就不能，想想辦法嗎？」

「我會盡力而為。我在黑市有些管道，能取得從軍隊和都市流出的物資。但世間的狀況只會越來越不穩定。別對我抱太大的期待。」

「我知道。」

女子點頭——然後仰望後方。

在遠離人煙的森林裡，有一座石造的老舊祠堂。

不過外觀只是偽裝，這裡實際上是違法諜報組織「艾爾畢斯殘光」的據點之一。他們將本來是艾爾畢斯市商人的隱藏倉庫占為己有後，再加以改裝。「艾爾畢斯殘光」的成員們從懸浮大陸群各處收集的情報，都被悄悄地匯集到此處。

而情報以外的事物也同樣如此。

「……我姑且勸妳一下。乾脆放棄也是其中一個選項喔。」

儘管覺得難以啟齒，男子仍努力以開朗的語氣如此說道。

「妳們已經夠努力了吧。沒有人會怪妳們。雖然我已經幫忙了很多次，但其實我並不希望妳們繼續勉強自己。那傢伙一定也——」

「的確。你的忠告，我姑且聽見了。」

女子打斷男子的話，露出柔弱的微笑。

「不過，一定就快結束了。我想再努力一下。」

「……唉，我想也是。」

男子放棄似的笑道，然後聳了聳肩。

「那麼，我差不多該走了。替我向緹亞忒問好。」

「好的。如果有見到面，我會幫忙轉達。」

女子點頭回答後，望向遙遠的天空。

男子也跟著看向相同的方向。

晴朗的藍天萬里無雲——但天空毫無回應，只是靜靜承受兩人的視線。

「不被允許存在的搖籃世界（下）」

-a watcher of the world-

1. 緹亞忒

那是一個古老的童話。

人族(Emnetwiht)之間流傳著各式各樣的故事，那是其中一個小故事。通常出現在給小孩子看的繪本裡，是一個優美的民間傳說。

據說，有一群小矮人出現在忙到疲憊不堪的鞋匠面前，表示願意幫他工作以換取少量的牛奶。

據說，由於他們的身體太小了，沒辦法像鞋匠那樣俐落地工作，所以一個晚上最多只能做好一隻鞋子。

據說，他們最喜歡惡作劇。

據說，他們會將金錢藏在地底。

據說，他們就這樣像個隱密的朋友，持續在一旁見證人族的歷史。

然後，據說——他們名叫「Leprechaun」。

緹亞忒・席巴・伊格納雷歐啃著餅乾，回想起這些事情。

不過，這些全都是無關緊要的事情。很久以前，有一群和她們同名的小矮人。就只是這樣而已。

他們（Leprechaun）和自己這些黃金妖精（Leprechaun）沒有直接關聯，只是擁有相同名稱的其他存在。真要說起來，他們才是連是否真的存在都不確定，貨真價實的童話故事中的登場人物。

話雖如此，雙方當然也不是完全毫無關係。作為「代替已經滅亡的人族，揮舞原本只有他們能夠使用的武器」的妖精族，從一出生就被冠上「Leprechaun」之名。她們雖然並非人族，但能夠代為完成人族的工作。

那個名字是配合早已定好的工作決定，不如說是直接用工作當名字。

（——唉，我也不是不能理解上一代妖精的心情呢。）

緹亞忒啃了一口餅乾。

味道並沒有好吃到讓人跳起來。不僅麵粉的顆粒不均，餅乾本身的尺寸也不統一，就連烤的方式都很隨便。像在主張便攜食品原本就不用討人喜歡般，某方面來說算是相當節制的食物。

不過即使如此，也絕對稱不上難吃。

關鍵果然還是這裡是人族的土地，這類食品幾乎都是為了人族製作。緹亞忒知道獸人（Lycanthropos）與爬蟲族，這些連舌頭和胃的構造都不同的種族所製作的餐點是什麼樣子，所以光製作者是擁有和自己相同味覺的種族，成品的味道便已經超出一般水準。

食物符合自己的口味，通常也表示比較好生活。妮戈蘭以前好像說過類似的話。

（如果我們一開始是在這裡生活，應該能和大部分的人族成為好朋友吧。）

這個箱庭——人族的幻想，是個舒適的地方。必須先承認這個事實。

緹亞忒想著這些事，吃掉了一餐份的便攜食品。

「……那麼。」

她用餐巾紙擦嘴，同時轉換心情。差不多該重新確認現狀，思考接下來的事情了。

†

首先我方的目的，是討伐〈終將來臨的最後之獸（Heritier）〉。

那個〈最後之獸〉的真面目，是一個巨大的結界。而所謂的結界，是個獨立的世界。

（……嗯，到這裡已經有點莫名其妙的感覺了。）

雖然心裡這麼想，但緹亞忒決定先將這件事放一邊。

破壞世界這種事太過哲學，讓人難以理解，不過如果是破壞結界，就有具體的手段。

結界內側必然會有定義世界性質的「核心」，只要除掉那個就行了。

而這個〈最後之獸〉的狀況，則是有以下六個「核心」。

最後的星神（Visitors），艾陸可·霍克斯登。

她的從屬神——地神們（Poteau），亦即最初的創造神黑燭公（Ebon Candle）、紅湖伯（Camine Lake）和翠釘侯（Jade Nail）。還有黑燭公的侍女——一名和主人一起被結界囚禁的獸人。

……最後是懸浮大陸群最大的守護者，大賢者史旺·坎德爾。

在廣大的結界世界中找出這六位，並且設法將他們帶到外界。這是我方一開始的作戰目標。

不過作戰總是會遇到出乎意料的困難。

例如結界世界比預想得還要遼闊許多，以及成員們在入侵後就被拆散等等。而我方目前面臨的最大困難，就是關鍵的大前提已經被推翻了。

簡單來講，這個世界的「核心」增加了。

〈最後之獸〉沒有自己的核心，所以要從世界外側吸收能作為核心的人，利用他們的記憶將自己定義為一個世界——這個一般的說法必須加上一句新的補充。〈最後之獸〉在成熟後，能夠在只是依靠借來的記憶構成的世界中產下自己的核心。

那是這個世界的第七個核心，同時也是第一個從這個世界出現的核心。

和星神艾陸可太陽般的紅髮相對照。

那個核心擁有宛如月亮般的白髮——外表是個年幼的少年。

†

——我選擇支持這孩子。

——也就是和妳敵對。

潘麗寶．諾可．卡黛娜如此說完後，將劍指向了緹亞忒。

她明明同樣是妖精兵，也是接下相同任務的夥伴。到底發生過什麼樣的事情，才會造成這種局面。

「以潘麗寶的個性，應該是有什麼考量吧。」

緹亞忒一臉嚴肅地說完後，又補了一句「不過畢竟是潘麗寶的考量啊」。潘麗寶從以前就是如此，她的思考方式過於獨特，所以即使絕不是沒思考過，周圍的人最後也只覺得她是一時興起。更惡質的一點是，她實際上也經常因為一時興起而行動。

雖然已經認識她很久，但緹亞忒至今還是沒自信能確實區分是哪種狀況。

和潘麗寶一起行動的地神紅湖伯，認為「自己的主人或許能在這個世界幸福地生活」，所以希望維持現狀。而潘麗寶雖然不認同這個想法，但仍基於其他理由協助紅湖伯。

「我覺得她應該不是真心想背叛懸浮大陸群……」

雖然緹亞忒這麼認為，但還是沒什麼把握。潘麗寶能為了自己當下覺得最重要的事物行動。所以在她認為懸浮大陸群並不是最重要的瞬間，行動時可能會立即改以其他事物為最優先。

正因為她是這樣的人，才會做出與〈沉滯的第十一獸(Croyance)〉共生這種極度偏離常識的事。

與她為敵真的是一件非常令人困擾的事情。即使平常看起來漫不經心，她的劍背後確實有著堅定（而且是她獨有）的信念在支撐。

最麻煩的是，若想解決目前的狀況，只能照她希望的那樣以劍交鋒。「不如暗殺那位少年（！）」雖然只要成功就能立即獲勝，但既然有潘麗寶在一旁戒備，應該沒那麼容易逮到破綻。

儘管可以拜託小極星亦即大賢者大人幫忙想辦法，但在這個距離和方向都亂成一團的世界，光是想和他會合就很不容易。而且剩下的時間也沒多到能讓她像這樣浪費。

到頭來，緹亞忒還是只能配合潘麗寶。

如果要求潘麗寶說明詳情，以她的個性大概會開心地說「那就用劍交談」吧。一面配合她，一面打探她真正的想法，然後設法在這樣的狀態下找出活路。

即使執行起來很麻煩，但至少還有事情可做。比因為無計可施而不知所措要好多了。

「暫時只能按照這個方針進行了……」

緹亞忒輕聲嘟囔完後，站了起來。

她將手伸向放在旁邊的兩把劍，打算重新揹在身上。

首先將其中一條帶子掛在肩上，牢牢固定在軍服上，避免鬆脫。

然後，她重新握住另一把劍的劍柄——

「…………嗯？」

感覺有點不對勁。

雖然真的非常微弱，但一股不好的預感竄過背脊。

她低頭看向手裡的劍，解開包在外面的布，確認劍身。沒有異常。換句話說，劍並沒有啟動。

遺跡兵器（Dagr Weapon）原本就需要使用者催發的魔力（Venenom）才能啟動。雖然有一把看似例外的存在，但最後發現是因為有〈獸〉作為使用者潛藏在劍身當中。當然，那隻〈獸〉現在已經不在了。

所以，劍不會違反使用者——就這個情況來說是緹亞忒的意思擅自啟動。

因此，這真的只是一股預感。

緹亞忒覺得手裡的劍微微地在蠢蠢欲動。就快輪到自己出場，馬上就要面臨需要自己力量的狀況——感覺這把劍正懷著這樣的期待顫抖著。

這把劍有許多回憶。

不，它的過去沉重到無法簡單以回憶兩個字帶過。即使想忘也忘不掉，即使想逃避也無法逃避。在各種意義上，也可說是從那時起的一連串事件塑造了現在的緹亞忒。

「有預感快輪到自己出場了嗎？」

就算問了也不會有答案，緹亞忒還是如此問道。

劍當然沒有反應——但緹亞忒覺得這個答案應該和現實狀況相去不遠。莫烏爾涅本身只是一把劍，既不會思考也不會預測未來。不過，緹亞忒本人不自覺地感覺到了什麼——如果在莫烏爾涅上感受到的不協調感其實是源自於這個預感，那似乎說得通了。

「……希望不是這樣。」

緹亞忒嘟囔道。

假如可以，她不想用這把劍，這無疑是她的真心話。

但緹亞忒也知道這把劍只是單純的劍。這與善惡無關，而這把劍本身也不具備強到無法控制的力量。

這把劍唯一能做到的事，只有將人們的心連繫並結合在一起。真的就只有這樣而已。強大力量的來源和失控的原因，全都是連繫在一起的人心。

只要正確地控制人心，這把劍就會正確地回應。

所以，假設需要這把劍的時刻真的來臨，就必須毫不猶豫地依賴它吧。緹亞忒原本就是基於這個目的，才特地將這把劍帶到這個世界。

所以——

「如果有什麼萬一，就拜託你囉——莫烏爾涅。」

緹亞忒輕輕敲了一下劍身，然後重新將布捲起來。

†

風很乾燥。

捲起的沙塵拂過腳邊。

緹亞忒沿著昨天走過的路再次來到了這裡。為了見那位少年，並再次將劍指向他。同時，也是為了與應該會阻擋在前的潘麗寶交鋒。

緹亞忒的內心相當平靜。

無論是自己該做的事，還是能做到的事，她都已經重新確認好了。和潘麗寶這種我行我素的對手戰鬥時，最重要的是保持平常心。無論對方做了什麼都不動搖，澈底發揮自己的實力。雖然感覺是理所當然的事情，但這個理所當然的事情比什麼都重要。

「——那麼，潘麗寶，我來囉。」

緹亞忒輕輕踢了一下地面，唰——地張開雙腿。

她壓低重心，舉起伊格納雷歐。她將劍稍微往後握，劍尖對準前方。

「是妳說隨時都能來挑戰的，不好意思，馬上就要請妳跟我交手了。」

在視線的前端——

潘麗寶．諾可．卡黛娜沒有擺出架勢，不僅維持放鬆的站姿，連視線都不知為何顯得心不在焉。她雙手空蕩蕩的，只用指尖搔著臉頰。

潘麗寶看起來明顯沒有戰鬥的意思。

緹亞忒對她的這種態度有印象。那是惡作劇曝光，思考該如何蒙混過去時的潘麗寶。

（……或者那只是偽裝，其實是超高水準的架勢？如果輕率進攻就會被狠狠反擊之類的……）

考慮到狀況和對手都非常特殊，還是謹慎一點比較好。

緹亞忒抿緊嘴角，壓低重心積蓄力量。她緊盯潘麗寶的一舉一動，打算一發現破綻便立即給予必殺的一擊。

接著，潘麗寶的手指，以及手臂有動作了。

（要來了！）

緹亞忒屏住呼吸，將神經維持在最緊繃的狀態，用視線追蹤對手的動作。

潘麗寶的雙手在胸前合掌，然後開口說道：

「對不起，被他逃掉了！」

「…………………………咦？」

「呃，就是那個，被蒙特夏因逃掉了。」

潘麗寶乾笑道。

「啊～蒙特夏因是我們非常關注的那位少年的名字，因為他實在太會逃了，我也不曉得他去了哪裡。而且連艾陸可也不見了，所以紅湖伯從剛才開始就一直囉唆個不停。」

伊格納雷歐的劍尖緩緩下降。

「這……這……」

「事情就是這樣，嗯，我們改天再決勝負，先一起思考接下來該怎麼辦吧。呵呵呵，這下事情麻煩了呢。」

「這是在搞什麼啊啊啊啊！」

緹亞忒大喊。

「為什麼？為什麼會變成這樣？怎麼會發生這種事？話說潘麗寶，妳怎麼看起來好像有點開心，妳有在聽我說話嗎！」

「哈哈哈，緹亞忒真厲害，妳的問題數量和內容幾乎與紅湖伯一模一樣呢。妳現在和地神並列了呢。不過妳們兩個一起說個不停實在有點吵，可以先稍微冷靜一下嗎？」

「這狀況妳要我怎麼冷靜——？」

緹亞忒衝過去揪住潘麗寶的胸口，用力前後搖晃。

「我可是認真地想了一個晚上才好不容易下定決心，妳要怎麼賠我——！」

「嗯，關於這點，我真的覺得很抱歉，等等，緹亞忒妳先冷靜一下我頭好暈。」

「所以我剛才不是說了，這狀況妳要我怎麼冷靜啊——！」

緹亞忒用力搖晃潘麗寶。

2.（海邊的道路）

少年思考著自己到底在做什麼。

答案很簡單，是在逃避。

逃避必須思考的問題，以及必須面對的現實。不好好面對，什麼都沒想就轉身逃避。

†

遙不可及的天空又藍又晴朗。

雖然景色很漂亮，但也沒稀奇到讓人驚訝。不到隨處可見的程度，也沒不可思議到其他地方都看不見，或是不可能出現的程度。

所以問題不是出在這裡，稍微將視線往下移吧。

由左至右，眼前有一條非常長的橫線。線的上方是藍天，那麼，下方是什麼呢？

那個地方也很藍，並且閃閃發光。

不過，天空的藍色看起來是透明的，那個地方顏色比較深，而且好像有實體。

從那裡吹過來的空氣，感覺有點黏黏的。

那大概是水。雖然規模大得誇張，跟妖精倉庫旁的水池是類似的東西。一定是這樣。

「好大喔～！」

一旁的紅髮少女衝了出去。

「哇，等等，艾陸可，這樣很危險喔。」

少年從後面追了上去。沒錯，應該很危險。腳下的地面凹凸不平，感覺一不小心就會跌倒。旁邊的草木也很茂密，就算突然有蟲子或野獸衝出來也不奇怪。

（……………不過，應該沒問題吧。）

在少年腦中的某個角落，隱約產生這樣的確信。

這裡沒有能對我們構成威脅的生物。不只是生命不會受到威脅，也不用擔心被突然衝出來的生物嚇到。少年明白這點。不對，是察覺自己知道這件事。

（這是怎麼回事……）

這個不可思議的感覺，讓少年感到困惑。然而，他的腳仍像是其他生物般擅自動了起來。他追在艾陸可後面，但追不上——

「啊哈哈！」

啪沙啪沙啪沙。

艾陸可將鞋子脫在沙灘上，衝進了水裡。她開心地尖叫著：「好冰喔！」並繼續往前走。每走一步，水就會跟著變深。原本只到腳踝的水位，逐漸上升到膝蓋甚至是大腿。然後——

少女跌倒，發出誇張的水聲。

「艾陸可！」

少年也跟著衝進水裡。這裡的水比浴室或水池的還要重一點，讓身體晃動的力道也非常強。因為**明白**這點，少年先做好心理準備才挑戰這些水。

他抓住艾陸可的手臂，將她拉了上來。

少年無法支撐少女的體重，兩人像抱在一起般，跌坐在水比較淺的地方。

「艾陸可，妳沒事吧？」

「好……」

好？

「好嗆！這個水好嗆！」

艾陸可的表情很難形容，看不出是難受還是興奮。

「是、是啊。因為非常鹹呢……」

少年——因為和艾陸可的臉貼得很近所以輕輕地——點頭說道。

「**海**水本來就是這樣。」

「海？」

「沒錯，這個巨大的水窪是特別的——」

少年說明到一半就停了下來。自己為什麼會知道這種事呢？

「為什麼？為什麼海水是鹹的？」

「——當然是因為溶了很多鹽在裡面。海裡有超大的怪魚，只要那條魚在海裡游來游去，就會生出不鹹的水。將那些水扔到天上後就會下雨。池塘和河裡的水都是這樣來的。所以，或許我們平常喝的那種不鹹的水，其實是特別的呢。」

「喔喔……」

艾陸可以尊敬的眼神看向少年。

這不是在亂說。雖然用了有點像寓言的表現方式，但都是事實。

海水的蒸發和降雨等氣象方面的系統，都是由怪魚亦即紅湖伯定義的世界現象。這些自然循環都是存在於地神故鄉的現象，而這個由沙子構成的異世界有系統地重現了那個世界。雖然這個〈最後之獸〉的世界只會進行表面上的模仿，但外觀看起來幾乎一樣──

（……咦？）

為什麼？

為什麼我會知道這種事？

少年用手掌拍了一下額頭，濺出水花。

（我──）

我應該什麼都不知道才對。

一無所知地在妖精倉庫生活。那裡有艾陸可與蒙紐莫蘭等莫名其妙的同居人（？）們在。因為一無所知，所以覺得看到和摸到的一切既神奇又新鮮。聽艾陸可說明那些事情，讓人非常開心又快樂。那才是我。那些應該就是我的一切。

然而，為什麼？

「怎麼了嗎？」

艾陸可看向少年的臉。

「沒什麼啦。」

少年反射性地如此回答。

†

兩人在附近的小河清洗身體和衣服。

生火烘乾衣服的期間，身體也變暖了。

少年知道有必要這麼做，也知道方法，而且明明是第一次嘗試，依然在毫無不安的情況下成功了。

艾陸可再次看向少年的臉。

「……你不開心嗎？」

為什麼要這麼問？

「到底……是怎麼樣呢？」

少年已經搞不懂了。因此，他老實回答：

「因為和艾陸可在一起，所以我覺得很開心。不過感覺——沒有昨天那麼開心。」

少年在回答的同時，也覺得這是理所當然的事。自己現在是逃避了該面對的問題來到這裡。在這種內心有所愧疚的情況下，當然無法開心地享受日常。

「哼～」

「啊，對不起。我不是在責備艾陸可。」

「咦？」

少年反射性做出的辯解，換來對方的驚訝。

「感覺，你說的話和**潘麗寶**好像。」

「……是嗎？」

「幸福在剛察覺到的時候，是最閃耀的。之後只會一點一點地逐漸消滅。」

少年花了一點時間消化這句話。

原來如此，感覺這是最貼近自己目前感受的一句話。潘麗寶在妖精倉庫說的話都很難懂，經常讓少年覺得無法理解，但透過艾陸可轉述後，他便明白了。

「真討厭呢。」

「是嗎？」

「嗯。」

雖然艾陸可似乎無法接受，但少年覺得這是顯而易見的事情。

因為確實就是如此。若幸福只會持續消滅，人們每天都只能不斷喪失，表示所有事物都注定會終結。

在遲早會來臨的終結到來前，只能看著手裡的東西不斷流失。

只是無能為力地看著重要事物——持續被消耗到最後。

「嗯～？」

艾陸可將頭從右邊往左邊歪。她似乎無法理解。少年覺得這是件好事。她不適合這種麻煩的心情，希望她能夠一直開朗地笑著。

（我——）

蒙特夏因回想起潘麗寶·諾可·卡黛娜曾說過他的未來有兩種結局。一個是成長後變成消滅外面世界（雖然不太清楚是什麼）的邪惡存在，另一個是蒙特夏因自己死亡。

蒙特夏因對死亡這個概念沒什麼現實感。儘管——不知為何——能作為知識理解，但針對自己可能會消失的未來，他不曉得該以什麼樣的情緒面對。

所以，他試著想像。那一定不是幸福。大概是連手中這些逐漸開始消滅的幸福碎片，都會全部喪失吧。如果是這樣，那將是一件很討厭的事情。

他想逃離討厭的事情。

（就算這麼做，也無法解決任何問題吧，但是……）

少年握緊拳頭，又立刻放開。

他心不在焉地仰望天空。

很藍，飄著軟綿綿的雲朵，非常遙遠——此外，**還有幾道裂縫**。就是這樣的天空。

（快要崩壞了。）

這個世界，這個由蒙特夏因充當核心，巨大又渺小的箱庭被外部的敵人入侵了。

潘麗寶，以及前陣子和她戰鬥的嫩草色頭髮的女性。除此之外，應該還有其他人吧。

她們的活躍讓這個世界受到了損傷，如今也持續在損壞。

自己逃跑的這段期間，狀況仍在持續惡化，之後，這一切就會在不知不覺間邁向終結吧。

「找地方休息吧。」

「休息？」

「如果繼續待在這裡，過不久天就要黑了。趁現在去找個有屋頂的地方吧。」

「嗯～」

艾陸可像是搞不清楚狀況般露出困惑的表情並歪了歪頭，但她坦率地起身，看起來並不反對。

將火熄滅後，兩人重新穿上烘乾的衣服，踏出腳步。

3. 阿爾蜜塔、可蓉與森林旁的小屋

一場大雨開始下了起來。

因為在小森林旁邊有間樸素的小屋，兩人決定去那裡休息。

小屋的門沒有上鎖。

「不好意思，打擾了……」

儘管阿爾蜜塔走進小屋時小聲地打了招呼，但沒有看到也感覺不到人的氣息。

大概已經有一段時間沒人用了。小屋內看起來有點髒兮兮的。建築物本身也蓋得有點隨便，梁柱微微傾斜，牆壁上也到處都有油漆剝落的痕跡。

「不用那麼客氣啦。玄關旁邊有面皮鞋形狀的招牌吧？這裡是這個國家替旅人建造的免費休息處。」

阿爾蜜塔有點驚訝。

「人族的國家，居然有這種設施。」

「好像是因為陸地非常遼闊，如果不整頓旅遊環境，東西方的聯絡很快就會斷掉。」

原來如此，這麼說也有道理。

這個世界沒有通訊晶石和飛空艇，但又比懸浮大陸群全部加起來還要寬廣，而且還有許多怪物（Monstrous）和關係惡劣的種族。若不好好支援旅人，各個城市很快就會陷入孤立。

雖然沒什麼現實感，但感覺可以理解。

（……旅人啊。）

阿爾蜜塔隔著木格子窗仰望漆黑的天空——

「不曉得伊歐札先生是否平安無事。」

輕聲嘟囔道。

直到世界樹之森都與她同行的青年，在她們與黑燭公等人對話的期間，已經踏上新的旅程。即使雙方早就道別過了，還是有點寂寞。

「他看起來很習慣旅行，應該沒問題啦。」

可蓉替小暖爐生火時，如此說道。

「不如說或許他現在還比較擔心阿爾蜜塔呢。」

「這種事……說不定……真的是這樣。」

阿爾蜜塔原本打算抗議，但聲音到了後半就越來越小。

可蓉說得沒錯。丟臉的一面、難堪的一面與不可靠的一面，阿爾蜜塔在那位青年面前展現過各種面貌。當然，有一部分是因為她獨自被扔在陌生的世界，既不安又對許多事無能為力——不過即使用這些因素當藉口，也無法改變這個事實。

「雨看起來會停嗎？」

「……感覺雨勢變強了。今天應該都不會停吧。」

「那麼，先在這裡住一晚吧。」

可蓉輕聲說完後，點燃桌上的蠟燭。燃燒動物脂肪產生的不穩定火焰，散發出刺激性的味道，瞬間讓眼睛感到一陣刺痛。

「我實在無法習慣這個呢。」

阿爾蜜塔板起臉說道。

「話雖如此，連懸浮大陸群的燈晶石，也是最近才普及到一般家庭喔。地上就只有這個了。」

「是這樣嗎？」

「據說在穆罕默達利醫生父母那一代，還完全沒有那種東西呢。」

「……那至少也是超過一百年前的事情了吧。」

「和五百年前相比，一百年前感覺就和昨天差不多。」

「以我們的感覺，兩種都一樣是很久以前吧……」

阿爾蜜塔心不在焉地仰望著天空回答道。

雨雲很厚，但並未覆蓋整片天空。從雲的縫隙還是能隱約看見藍天，同時，也能看見在那裡的幾條裂縫。

裂縫。

據說結界就類似蛋殼。根據阿爾蜜塔出發前聽到的說法，從外面根本看不見內側世界的樣貌，必須打破蛋殼進入內部才能看見。

如同眼前的景象，那個結界受到了肉眼可見的損傷。

「可蓉學姊。」

「嗯～？」

「只要殺掉……打倒許多像之前的龍(Dragon)那樣的存在，就能擴大天空上的裂縫……破壞這個世界吧？」

「啊，紅湖伯是這麼說的呢。」

可蓉暫時閉上眼睛，搜尋記憶。

「越大且越原始的生命，在世界這塊拼圖上占有較大的一席之地。模仿其存在的人偶也一樣。只要那些拼圖碎片逐漸消失，拼圖就會變得坑坑洞洞。」

阿爾蜜塔依舊仰望著天空思考了一下說道：

「既然如此，與其帶黑燭公大人他們到外界，還是這種作法比較快速又確實吧？」

阿爾蜜塔刻意不說自己在戰鬥方面也能幫得上忙。

回想起來，與那頭龍戰鬥時的自己，感覺不像自己。我是戰鬥的外行，在魔力方面也沒有特別傑出的才能，當時卻表現得還算不錯。那樣的戰果與其說有點不合理，不如說是不自然。

（那大概是因為……）

阿爾蜜塔只想得到一個理由——遺跡兵器帕捷姆。是據說等級很高的那把劍做了什麼。並非將力量借給阿爾蜜塔那麼單純，而是對作為使用者的她，做了什麼特別的事情。

「這很難說呢。越原始的生命，表示越長壽吧。那種存在的數量原本就不多，想找出來也不容易。」

「原來如此……說得也是呢……」

阿爾蜜塔在遺憾的同時，也稍微感到放心。

實際經歷過便知道了，用劍戰鬥非常辛苦。

在這個情況下，必須使出全力或是有生命危險都只是次要的事情。必須澈底否定某個自己不了解的存在，強迫不希望如此的對手就範，這兩件事比什麼都讓她感到痛苦。

當然，如果反覆做這種事才是最好的方法，她並不打算猶豫。但如果事情並非如此，還有其他手段能夠選擇，她也會坦率地感到開心。

「我姑且有聽說幾個可能符合條件的對象。例如最強的苔龍(Moss Dragon)，但光是想抵達牠的棲息地就要花十年的時間。」

「還是算了吧。」

可蓉笑著回應：「我想也是～」

她的語氣聽起來感覺非常遺憾，但這應該是錯覺吧，不對，一定是錯覺。阿爾蜜塔想要如此相信。

她小時候一直希望自己能變得像學姊們那樣。

為此，她也想過要像學姊們那樣戰鬥。

就在阿爾蜜塔即將遺忘這個夢想時，那樣的機會真的來臨了。

所以，她自願拿起劍——來到這個世界。

（……可蓉學姊果然也很厲害啊。）

阿爾蜜塔再次這麼覺得。

並不是單指戰鬥技術。即使被丟到這種莫名其妙的世界，陷入束手無策的狀況，她依然沒有迷失自己的目的並確實地展開行動。那堅強的內心，應該說不會動搖的意志，讓人感到非常可靠。

根據從她那裡聽來的情報，尚未見到面的緹亞忒學姊和潘麗寶學姊，也都確實地立下了大功。

阿爾蜜塔壓抑著快從心裡湧出的自卑與無力感。自己來這裡不是為了和學姊們較勁，而是要在一旁看著她們活躍，設法幫上她們的忙。雖然不覺得自己目前有做到這點，但之後應該還有機會。大概吧。

阿爾蜜塔在想著這些事的同時，決定來做飯。

材料的種類不多。加了許多香草的肉乾、在路上順手採集的果實，與裝在金屬罐裡，酒精濃度偏高的蒸餾酒等等。她將掛在背包側面的便攜平底鍋放在火上，一面輕輕翻動香草一面煎肉。

肉乾的味道原本就比較濃郁，再加上香草的風味已滲入，不太需要再加調味料。該下工夫的地方是配料。雖然通常會加一些比較爽口的配料，但以手邊的食材能做什麼呢——

（對了，這個……）

阿爾蜜塔緊盯著平底鍋上的肉乾。

這是她在之前的城寨分到的乾糧。聽說是從附近——話雖如此還是要走好幾天才會到——的村子拿到的。換句話說，這是在這個世界養育的家畜肉。

阿爾蜜塔回想起至今遇見的豚頭(Ork)族、人族和那頭龍的死亡。他們最後全都變成白色人偶再回歸於無，連屍體都沒留下。

不過並非這個世界的所有生命都適用這個法則。森林的樹木在被燒掉或砍倒後，依然維持原狀，這塊肉乾也一樣是肉。

如果仔細調查，或許能找出其中的界線。

（總覺得……有點奇怪。）

好像哪裡說不通。

並非因為各種要素重疊在一起，最後自然變成這種狀況。比較像是某人未經深思熟慮就斷定「植物和家畜並非生命」，並在事後隨便補上了這個設定。

當然，這也可能只是認知自己並非「生命」的黃金妖精想太多了。

（嗯……）

阿爾蜜塔在思考的時候，手也沒停下來。

她完成料理，開始裝盤。

「喔～真豐盛呢。」

「只是用現有的東西隨便做出來的一道菜而已。」

「光是能有一道菜就相當奢侈了。和生吃蛇肉比起來，可說是天差地遠。」

「……學姊，妳之前都吃那種東西啊……」

「那個其實滿好吃的，只是挑骨頭很麻煩。」

兩人隔著桌子，一起喊了聲：「我開動了。」

阿爾蜜塔先吃了一口。

她在心裡稱讚自己，以用現有食材湊合做出來的料理來說，味道算是相當不錯。雖然在城寨時也有做料理的機會，但那是不同的狀況。和家人一起用餐，光是這樣就讓人覺得這味道非常令人懷念。

即使如此，還是會覺得少了什麼，大概正因為是和家人一起吃飯，才更容易意識到不在這裡的成員吧。

「不曉得優蒂亞有沒有好好吃飯。」

「嗯～她和緹亞忒會合了吧。」

「黑燭公大人是這麼說的。」

「那或許有點危險呢。」

「……這是什麼意思？」

「緹亞忒連獸人的便當都吃得下去。」

阿爾蜜塔一時無法理解這句話的意思。

她露出困惑的表情，思索眼前這位學姊的話。

「……那是連內臟都沒處理過的生肉吧？」

「嗯。」

「我們吃了也不會有事嗎？」

獸人的各個種族大多身體強健，所以即使吃了黃金妖精絕對會吃壞肚子的東西，依然不會有事——不如說，那對他們而言是理所當然的正常食物。

順帶一提，大部分的無徵種身體都和黃金妖精一樣柔弱，如果吃了獸人的餐點絕對會吃壞肚子。因為這些是從擁有鐵胃的食人鬼（Troll）那裡聽來的知識，所以阿爾蜜塔也不是很明白實際狀況。

「當然不會沒事喔。緹亞忒大概是用魔力強化了腸胃。」

「呃……有辦法做到那種事嗎？」

催發出來的魔力能夠用來強化或保護身體。阿爾蜜塔也很清楚這點，並透過實戰感受過這股力量。

不過，印象中這股力量只能用在戰鬥上。

「正常來講是做不到。」

可蓉聳肩回答。

「但緹亞忒就算做得到也不奇怪。她使用魔力的方式，該怎麼說才好，總之就是非常巧妙。」

「……這樣啊……」

阿爾蜜塔得知了敬愛的學姊令人意外的一面。

她重新體認到學姊果然深不可測。雖然厲害的學姊還是一樣厲害，這點毫無動搖，但總覺得厲害的方面越來越廣泛了。

「所以呢，只要緹亞忒有那個意思，她什麼都吃得下去。但是，如果讓優蒂亞跟她吃一樣的東西，就會有危險。」

阿爾蜜塔能夠想像，也確實想像了。

緹亞忒學姊拿出某種不妙的食物（雖然無法具體想像，但總之很不妙），然後津津有味地享用。一旁的優蒂亞也模仿學姊，大口吃下相同的東西。當然，她馬上就會吃壞肚子並倒下。

在這片有著裂縫的天空下的某處，或許真的發生了那樣的事情。

「這、這樣啊……」

感覺嘴角不自覺抬了起來。明明沒打算笑，但臉還是擅自做出了那樣的表情。

阿爾蜜塔再度吃了一口自己盤子裡的肉。她一面咀嚼一面在心裡向優蒂亞道歉——對不起，只有我在吃好吃的東西，等會合後，妳想吃什麼我都會幫妳做。

雨持續下個不停。

前往翠釘侯沉睡的地點，和同樣正前往那裡的同伴會合——兩人的這趟旅行，被迫在這裡稍微停頓。

4.（山間村落）

找個有屋頂的地方休息吧——說完這句話起身後，沒過多久。

就找到了符合條件的地方。

十幾棟建築物緊密地排在一起。此外，也能見到許多有一顆頭、兩隻手和兩隻腳的生物，悠閒地在那裡四處走動。雖然細節有些不同，但看起來和潘麗寶前陣子帶他們去看過的市場有點像。

換句話說，那是城鎮。

兩人靠近那裡之後，一位駝背的老婦人注意到這裡。她輕輕晃動身體行了一禮，表示歡迎。

「哎呀，真是可愛的旅客呢。你們的父母怎麼了？」

雖然不太懂父母是什麼意思，但感覺應該和監護人差不多。就這個場合來說——

（應該是指潘麗寶小姐吧……）

而自己目前正在逃離她。蒙特夏因搖頭回答：

「不在，只有我們兩個。」

少年發現老婦人的臉上瞬間閃過各種神色。她的視線在蒙特夏因和艾陸可之間游移，像在打量兩人。

不過，少年無法理解這個舉動究竟代表什麼意義——換句話說，他不明白這位老婦人在想什麼。

「喔。那真是辛苦你們了。」

「呃，那個啊。我們在找有屋頂又能休息的地方。」

「喔喔，這樣啊。既然如此，就來婆婆家吧。」

老婦人用充滿皺紋的臉露出滿面笑容，頻頻點頭說道：

「我請你們喝熱騰騰的湯。」

「真的嗎？謝謝妳。」

這麼說來，感覺肚子深處有股奇妙的感覺。少年直到現在，才發現自己肚子餓了。必須快點吃好吃的東西，把肚子填滿才行。

老婦人邁開腳步替兩人帶路。

在蒙特夏因準備從後面跟上去時——

「咿呀？」

艾陸可叫了一聲。

他因為一時無法理解那個聲音的意義而僵住。等察覺那是慘叫，明白艾陸可遇到了什麼不開心的事情後，他急忙轉頭。

不曉得是什麼時候靠近的，眼前站著一個身材高大，四肢粗壯——換句話說就是非常健壯的男子。而他正粗魯地抓著艾陸可的手臂。

「你這個醉鬼在做什麼！」

老婦人發出了和剛才完全不同，既低沉又充滿敵意的聲音。

「妳這貪心的老太婆，別想得逞！」

男子露出下流的笑容。

「他們身體看起來沒什麼問題，應該是好人家的孩子。這種高級品居然誤闖這裡，我才不會讓妳獨占這份幸運。一個讓給我吧。」

男子似乎說了一些話，但完全沒傳進蒙特夏因耳裡。少年眼裡只有艾陸可因不悅而扭曲的表情，他大喊道：「艾陸可！」同時將手伸向她——

「礙事。」

男子單手揮開蒙特夏因的手。

男子和少年無論體格、體重或力氣都天差地遠。他被推倒在地，完全無法反抗。

「我們才剛談好一人分一個。你就乖乖喝下貪心老太婆的毒湯。舒服地睡到從籠子裡醒來吧。」

「不要隨便揭曉別人的手法，你到底打算妨礙我到什麼程度？」

少年無法理解兩人在說什麼。

他不知道自己和艾陸可遇到了什麼樣的事情。

他甚至覺得已經很久沒有這種感覺了。少年對這個世界一無所知，所以艾陸可教過自己的事情就是他知道的全部。

——不對吧？

有個聲音在少年腦中低喃。

（啊啊……原來如此。）

沒錯，一定不是這樣。現在的少年，對那聲低喃毫不懷疑。

現在的自己，知道大海。

知道火堆。

知道這個城鎮的地點。

同樣地，一定還知道更多、更多事情。

並不是有人教過，而是自然就知道。

他以前並不是不知道。

而是明明從一開始就知道，卻不去在意。

甚至不曾試圖想起。

完全沒打算去了解自己腦中的知識。所以才能保持無知。單純只是這樣而已——

（這兩個人在說什麼？）

少年現在首次想知道。

（這兩個人想對我們做什麼？）

首次試圖想起自己應該知道的事情。

（這個地方，對我們隱藏了什麼——）

首次試圖揭曉被隱藏起來的一切。

明明他隱約明白這代表什麼意義。

少年睜開了眼睛。

當然，他之前並沒有一直閉著眼睛，也有看見眼前的景色。城鎮、老婦人、男子和艾陸可都有進入他的視野。

另外一種不同的感覺化為龐大的情報洪流，在少年腦中炸裂開來，所以他才會產生自己有生以來第一次睜開眼睛的錯覺。或者應該說，原本一直在夢境中晃蕩的內心，現在終於真正覺醒了。

啪嘰——

伴隨著一道彷彿小樹枝被踩斷的聲音，男子抓住艾陸可的手被染成白色。男子沒有發出困惑的聲音，只有嘴巴扭曲。他甚至沒時間感到恐懼。原本集中在手臂上的白色痕跡像蛇一樣爬上男子的肩膀，然後直接連同衣服吞噬他的全身。只花了一眨眼的時間，一個人就澈底化為白色人偶。

而且人偶馬上開始崩解，並隨風消散。

之後什麼都沒留下。

彷彿那裡從一開始就沒人在。

不對——

（這裡從一開始就沒有人。）

「咿……」

老婦人也跟著發出慘叫。一來是因為看見熟人的下場，再來是她察覺自己馬上就會步上相同的末路。之後連呼吸一口氣的時間都不到，又多了一個白色人偶從這個世界消失。

不只那兩人。崩壞和消滅連鎖般的擴散，吞噬了整座城鎮，一切到此結束。

一陣風吹起——

最後只剩下散發瓷器般光澤的白色平原、癱坐在上面的艾陸可，以及蒙特夏因自己。

「咦？」

艾陸可一臉困惑地左右張望，不過什麼也沒看見，她看向蒙特夏因示意他說明。

但少年一語不發，默默看著自己的腳尖。

——在地上世界曾經有一段時期，販賣人口是相當稀鬆平常的事情。

那時的時代背景是兒童的死亡率極高，但出生率也高到足以填補逝去的兒童。假如有十個小孩，其中四人會在出生不久後去世，三人在五歲前去世，還有兩人會在成年前去世。反過來講，如果想讓一個人存活，必須生十個小孩。這在當時是理所當然的事情。

後來有一個男人破壞了這個常態。雖然不曉得男人是怎麼學會的，但他巡迴各地的村落，將遠高於當時水準的醫療技術傳授給眾人。他告訴大家清潔的重要、如何攝取營養價值高的食物，以及帶有醫學根據的各種治療傷病的基礎知識。託他的福，年幼的死者大幅減少，人口當然也跟著爆炸性增長。

許多人輕易出生，輕易死去。在原本對此習以為常的時代，突然多了許多人活下來。沒有人察覺這是多麼危險的狀況。

人命變得不再珍貴稀有。

再怎麼消耗都有辦法補充。不僅如此，若不刻意減少，反而還會增加過多——變成了這樣的世界。

農地和居住地都有限，無法輕易增加。所以各地開始漫無計畫地開拓，消耗奴隸的性命。當時的道德和法律是針對小規模的社群設計，難以應付規模變大後的狀況。所以各地開始發生戰爭，靠戰場消耗增加過多的性命。

綁架旅人並當成奴隸賣掉。這無關善惡，只是一種生存手段。當時，這在世界各地都是理所當然的事情。

（——世界的管理者，黑燭公擁有那個時代的記憶。）

蒙特夏因仔細思索自己剛才做的事情。

（然後，〈最後之獸〉將從吸收進來的黑燭公那裡讀取的記憶，複製到自己體內。）

儘管並非刻意而為，但這根本無法當成藉口。

想要能休息的地方。想去有屋頂的地方。於是無視地理上的距離和時間順序，直接在眼前重現了那座幻想的城鎮。這就是剛才目睹的那些現象的本質。

然後，自己一想起這件事，城鎮就消失了。幻想終究只是幻想，宛如只要回過神的瞬間便會破裂消失的泡沫。

而在察覺這件事的同時，少年也理解了自己是什麼樣的存在。

從強者的死亡中誕生的新世界。凶暴的嬰兒從內側吞噬生下自己的世界。在據說有十七種的〈獸〉當中，唯一沒把那灰色的荒野當成故鄉的存在。因為沒有該奪回的故鄉，所以只能否定並破壞自己外側的一切。

那個〈最後之獸〉在自身內側產下的核心，就是擁有蒙特夏因這個名字的自己。

「你沒事吧？」

少年從氣息察覺艾陸可正感到困惑。讓她擔心了。

「……嗯。」

少年沒有抬頭，直接回答。

「我沒事喔。可是……」

他依然沒有看向艾陸可的臉，稍微退後半步。

「對不起。我果然還是一個人走好了。艾陸可自己回去妖精倉庫吧。」

少年以泫然欲泣的語氣如此說道。

妖精倉庫。

那棟被如此稱呼的建築物。

當然也是〈最後之獸〉在自己體內創造出來的幻想。不過那棟建築物的原形，並非來自黑燭公等人所知的過去的地上世界。

只有那裡是從艾陸可身上讀取的景色。

在艾陸可的記憶裡，那裡是個「感覺非常開心、溫暖又舒適的地方」。那裡是將這個印象投影出來的虛假布景。

雖然只是布景，但那裡確實是為了艾陸可而存在的場所。

「只要回去那裡，妳就能見到哈比拉塔和蒙紐莫蘭這些真正的朋友。」

因為那裡是裝滿了艾陸可期望的「開心事物」，宛如玩具箱般的樂園。

「為什麼你要一個人走？」

少年沒有回答這個問題。

蒙特夏因將手放在少女肩膀上，輕輕推開她。

光是這樣的一個動作，就讓世界按照他的期望產生了變化。紅髮少女的身影從蒙特夏因眼前消失了。與此同時，她重新出現在那座妖精倉庫的幻想中——即使沒有親眼目睹，少年也能察覺這件事。

「再見了，艾陸可。」

自己不會再與她見面。少年如此下定決心。這份決心將直接在這個世界化為現實吧。

這樣就好。

少年不想再讓艾陸可見到如此醜陋的自己。

†

少年思考著自己到底在做什麼。

他想起潘麗寶的話——自己將成為毀滅外側世界的邪惡存在。即使會替許多他不知道的存在帶來毀滅，依然想讓自己獲得無限的安寧。

或是，應該在成長為那樣的存在前，就先被毀滅。

潘麗寶對他提出了這兩個可能性。不對——

（這已經不是什麼可能性。這就是潘麗寶小姐所說的選擇。我必須自己思考，要從這兩條路當中選擇哪一條。）

即使仔細考慮這個事實，依然無法輕易接受。

少年再次逃避。

逃避必須思考的問題，以及必須面對的現實。如今，再加上艾陸可純真的視線。他逃避面對這些事物，直接轉身逃離。

5. 優蒂亞、大賢者與傳說的地下迷宮

與獨自動身前往破壞世界核心的緹亞忒・席巴・伊格納雷歐道別後，大賢者和優蒂亞為了救出翠釘侯而展開行動。

大賢者的咒蹟（Thaumaturgy）指示的目的地，是帝都附近山中的——地底深處。

†

「我想喝豆子湯。」

優蒂亞嘟囔著說道。

「幹嘛突然說這種話。」

隔了幾步走在前面的少年，沒有轉頭直接問道。

「嗯……戒斷症狀。感覺有一陣子沒喝了。」

「那種東西隨便哪裡都喝得到吧？」

「哎呀～我一開始也是這麼想呢。不過因為是很單純的料理，所以各地的味道會有明顯的差異。現在這裡喝不到我家鄉的味道。」

「喔，簡單來講就是想家了吧？」

「或許吧。啊～好想念阿爾蜜塔的味道。」

優蒂亞仰天裝出流淚的樣子。不對，這裡看不見天空，所以這部分也是裝出來的。

感覺只要一鬆懈就會真的哭出來，但她還是忍住了。

少年——大賢者史旺．坎德爾的背影聳了聳肩。

雖然他已經恢復老賢者時的記憶，但外表和聲音仍是少年的狀態。因此從他身上感覺不太到威嚴。

「別玩得太過火，好好警戒周圍。這裡本來是要有六名幹練的冒險者(Adventurer)組隊才能挑戰的地方喔。」

「剛才是誰說『老夫一個人就能抵一百人』啊？」

「別挑老夫語病，一百零一人還是比一百人可靠吧？」

「或許吧，但占的比例太少會讓我提不起幹勁呢。」

優蒂亞邊抱怨邊環視周圍。在一片黑暗當中有一個被藍白色燈光照亮的小小空間，兩人位於那個空間的中央。這裡的牆壁乍看之下由石頭打造，但實際上應該並非如此。不僅外觀精緻到不像直接對自然的石頭加工，而且還堅固到不管怎麼做都無法造成損傷。

「喔？」

一隻外形像狼的怪物彷彿從牆壁裡跳出來般現身。怪物無聲地蹬了一下地板，然後並非用牙齒，而是用從背上長出來的七條纖細觸手——應該說長在觸手前端像針的部位，攻擊優蒂亞。

「嗚呀！」

優蒂亞用力揮舞普羅迪托爾。沒有催發魔力就用外行人的動作揮出的一擊，當然被怪物輕易地躲開了。劍的重量讓身體重心變得不穩。劍尖撞上牆壁，發出刺耳的聲響。

一道細細的白色光線貫穿怪物的頭部，將其蒸發。

「——如果不想死，就別放鬆警戒。」

少年若無其事地說完後，收回剛放出光線的手指。

「我知道了……」

優蒂亞繃緊表情回答。

「是傾層獸（Tilted Beast）啊。這可是大獵物，若我們是冒險者，光靠這屍體就能發一筆財呢。」

「這隻噁心的生物能賣錢嗎？」

優蒂亞用劍尖戳著怪物的屍體問道。

「這一帶出沒的怪物，都是以亡失物質（灰質）為原料構成。解體後能在內臟各處找到尚未變質的部分。這些素材用途廣泛，回到地面後似乎能賣到高價。」

「似乎？」

「畢竟老夫不是冒險者呢。雖然有買過他們收集的亡失物質，但不會自己主動來這種地方——」

少年突然轉頭環視周圍的黑暗與石牆。

「——頂多陪同伴來過兩三次吧。」

這裡位於地底。

是一座迷宮。

也就是所謂的地下迷宮（Maze）。

過去在地上，有許多這種巨大的地底建築散落在世界各地。那裡棲息著無數的怪物，並藏有大量令人炫目的寶物。許多冒險者為了追求夢想、浪漫與一夜致富的機會而挑戰這裡，最後也死在這裡。

這座名叫賢王陵墓的地下迷宮，據說是出了名的危險。因此只有通過冒險者公會（Alliance）規定的嚴格審查（這似乎代表等級很高）的超一流冒險者，能夠進入這個地方。

「至於為何這類迷宮都位於地底，姑且還是有理由的。」

大賢者以悠閒的語氣說道：

「你們將懸浮大陸群升上天空前的世界，稱作地上世界對吧？那個名字意外地掌握了那個世界的本質。黑燭公等神所創造的世界，主要是建構在比地表還高的地方。因此越深入地底，他們定義世界的效力就會越薄弱。」

「……咦？所以那裡是世界的外側嗎？」

「還不到那個程度。只是不容易適用黑燭公他們制訂的世界規則。因為是還沒完成的世界，所以尚未分化的可能性會在不完全套用現實規則的情況下出現。形式上等於濃密且尚未定義的詛咒。之所以會形成非現實的迷宮，或是能夠大量採集到在地表會變得不穩定的亡失物質，全是出於這個原因。」

「喔……」

大賢者說的話太困難，優蒂亞大部分都聽不懂。不過，她覺得自己勉強理解了剩下的那一些內容。

「既然如此，只要持續往地下挖，也能抵達世界的外側嗎？」

「以前也有人這麼想，並且有許多冒險者試圖證明這個想法，但應該沒人成功過。」

「……在這個〈最後之獸〉的世界，也有一試的價值嗎？」

「這是個有趣的提案呢。等其他手段都失敗後試試看，或許滿有趣的。」

少年在說話的同時，輕輕橫揮右手。他用指尖描繪出複雜的圖案，發動咒蹟，放出足以淹沒道路前方的轟雷。

「唔哇？」

刺眼的強光、震耳欲聾的爆炸聲，以及麻痺肌膚的震動。等這一切全都平息後，優蒂亞總算看見前方的道路上倒了幾隻被燒成焦炭的怪物。

那些應該也是強悍到自己根本無力對抗的怪物。然而，牠們全都在瞬間灰飛煙滅。

「這次是虹蟲（Rainbow Termite）啊。種類還真是多樣呢。」

少年若無其事地說道。事實上，這對他來說真的不算什麼吧。

「……我說啊，使出這麼誇張的攻擊，不會被其他怪物發現嗎？」

「畢竟這些傢伙平常並不是以普通的方式棲息在這裡。那些眼睛和耳朵，只有出現在老夫們面前時派得上用場。」

少年哼了一聲，像是在說就算有其他怪物被吸引過來也不成問題。儘管表現得非常囂張，但他確實有那個實力和經驗，所以優蒂亞無話可說。

兩人穿過了幾扇門。

走下幾道階梯。

有時候還會跳下洞穴，或是被迫解開莫名其妙的謎題。

優蒂亞無法鬆懈，只能一直維持專注在眼前的事物上。或許是因為這樣，她對時間的感覺逐漸變得薄弱。

自己和少年究竟從何時開始在這裡又待了多久的時間？

「話說那把劍是普羅迪托爾吧？」

少年看向優蒂亞的遺跡兵器。

「嗯，你知道這把劍嗎？」

「雖然原本忘得一乾二淨，但剛才想起來了。那是被所有知名聖劍(Carillon)拒絕的威廉・克梅修難得也能夠使用，屬於他的專用劍。原來還有保留下來啊。」

「好像是這樣，連他本人也很驚訝呢。」

「是吧是吧。」

兩人繼續閒聊，並且又走了幾步路後——

「嗯？本人？」

少年停下腳步。

「為什麼提到他本人？那個男人應該已經死了吧？」

「這個嘛，雖然已經死了，但現在還有意識。」

「妳說什麼？」

少年皺起工整的眉毛。

「他是因為瑟尼歐里斯的詛咒才維持屍體狀態。以人類的力量根本無法破除那個詛咒。到底是怎麼解除的？」

「就算你這麼說，事實就是這樣。」

優蒂亞搔著後腦杓回答。

「並非解除詛咒，呃——該怎麼說呢，用了讓屍體維持屍體狀態動起來的手段。菈恩學姊是這麼說的。」

「簡單來講，就是讓本人的靈質，附身在本人的屍體上啊？」

「嗯，大概就是那種感覺。」

優蒂亞點頭。

她不懂困難的理論。不過，即使是她也能明白似乎是用了什麼非常不得了的方法。

藉由讓本人附身，喚醒屍體。如果這種事做起來這麼簡單，世界上就不會有生離死別了吧。而且，就算執行起來不簡單，光是「可能」做到這種事，就能大幅改變世界對生與死的看法。換句話說，菈恩托露可學姊做了一件本來不可能做到，也應該要一直維持做不到的事情。

優蒂亞沒有再思考得更深入。

一部分是因為就算自己想了也沒用。此外，被喚醒的當事人表情也十分平靜。所以她覺得這應該不是什麼嚴重的問題。

「…………這樣啊。」

大賢者發出了類似呻吟的聲音。

優蒂亞擔心自己是否說錯話了。不過即使是現在，她仍覺得這件事沒什麼好隱瞞的。

「那個愚蠢的男人和愚蠢的女孩。」

大賢者從嘴裡吐出的話語，與其說是責備更像是悲傷。

「該不會這樣不太妙吧？」

「哼。反正當事人自己應該都接受這個結果了，那老夫也沒什麼好說的。」

雖然優蒂亞還是搞不懂狀況——但她實在不敢繼續問。這程度的氣氛她還是會看的。

這位大賢者完全不認同兩人的選擇。看來只有這件事是可以確定的。

對話就此中斷。

兩人繼續前進。

†

在妖精倉庫聽威廉・克梅修前二等技官說明遺跡兵器普羅迪托爾的時候——

「這把劍（普羅迪托爾）的異稟（Talent），就是在關鍵時刻不會發揮作用。」

威廉一臉不悅地說道。

優蒂亞哼了一聲。

「……這也算是能力嗎？」

「唉，該說是缺陷吧。雖然能力和缺陷，換個角度看待都是一樣的東西，但就這把劍的狀況，不管怎麼改變看法都難以活用。」

威廉用力嘆了口氣。他那提不起勁的樣子，就像在說明家醜一樣。不對，從他的角度來看，某種意義上確實算是家醜。

「隨時都能自由發揮能力的帕西瓦爾要比它好上一億倍。所以，這把劍才會被持有者狠狠拋棄。」

優蒂亞再次哼了一聲，然後略微思考了一下。

「所以，這把劍一次都沒有被好好使用過嗎？」

「不，還不到那個程度。」

威廉稍微望向遠方。

「如果是無關緊要的戰役，它偶爾會好好表現。例如被讓人不爽的騎士(Chevalier)挑戰比武的時候，或是土龍族(Morrighan)製作的自動兵器失控，必須執行破壞作戰的時候。」

優蒂亞筆直地看向威廉的眼睛——因為一隻一直閉著，所以是看另一隻——但大部分的話都沒認真聽進去。

「再來就是破壞討人厭的黑心商人金光閃閃的宅第時。雖然能用的時候確實能夠派上用場，但實在難以釐清其中的法則。倘若無法穩定使用，就無法視為戰力。」

「哼～」

「……怎麼了。我臉上沾了什麼東西嗎？」

「嗯～我在看你的臉。」

「說得真直接。」

威廉表情不悅地別過視線。

「我的臉哪裡有趣了？」

「哎呀，沒這回事。我覺得相當不錯喔。」

優蒂亞輕聲笑道：

「二等技官有被說過不太了解自己嗎？」

「不……沒有。不過我自己經常這麼覺得。」

「喔喔，真令人佩服。」

優蒂亞頻頻點頭。

「妳到底在說什麼啊？」

「沒什麼啦。這種事不應該告訴本人呢。」

「我真的搞不懂妳在說什麼。」

普羅迪托爾在關鍵時刻不會發揮作用。

如果是無關緊要的戰役，普羅迪托爾偶爾會好好表現。

這些大概都是真的吧。至少某方面來說是真的。換句話說，從威廉這個使用者的角度來看，是這樣沒錯。不過——

（威廉在那些時候，應該都沒有在注意自己吧。）

優蒂亞腦中浮現出一個推測，但沒有說出口。

她只是像在面對惡作劇的夥伴般，靜靜地看向普羅迪托爾。

†

然後，時間拉回現在——

那個東西確實待在地底深處。

雖然外表看起來像一塊巨大的砂岩，但仔細一看，就會發現有許多地方的沙子已經剝落，從底下露出——宛如傷痕累累金屬板的曲面。

「是翠釘侯。」

「就是這個嗎？」

優蒂亞忍不住反問。

「……總覺得雖然看起來很有魄力，但外觀就像塊岩石。」

「我也有同感。順帶一提，那位神自己應該也是這麼打算的。」

大賢者——少年用白皙的手輕撫砂岩表面。

「雖然尼爾斯的欺瞞詛咒（Sortilege）已經逐漸解除，但尚未失效。莫烏爾涅造成的傷口也還在呢。從這個狀況來看——」

少年稍微思考了一會兒後，搖頭說道：

「這位地神被當成了讓〈最後之獸〉誕生的苗床，所以還是別叫醒他比較好。畢竟不曉得會造成什麼影響，風險實在太大了。」

「喔？」

優蒂亞隨便回應一聲後，發現一個問題。

「等等。我們是為了回收這位神明大人，才來到這裡的吧？」

「是啊。」

「如果他無法自己移動，該不會得由我們扛他出去吧？而且要扛著他原路折返嗎？」

「妳不願意嗎？」

「我才不要！不如說，根本辦不到吧！」

「說得也是。老夫也不想這麼做，也不覺得辦得到。」

少年聳了一下肩膀。

「所以至少得讓這個工作變得輕鬆點。不幸中的大幸是，莫烏爾涅對翠釘侯造成的傷害尚未恢復。」

「呃，那又怎麼樣？」

「聖劍，應該說無定義的詛咒造成的傷，能夠傷害對手存在的根基。只要根基變脆弱，抵抗其他詛咒的能力就會大幅下降，這樣要改寫其存在也會比較簡單。這就是為什麼只有妳們的聖劍，應該說遺跡兵器能對〈獸〉那麼有效。」

即使聽完說明，優蒂亞還是搞不太懂。

她曾聽說所謂的詛咒就是具備說服力的獨斷。擅自斷定別人「你就是這種傢伙」，然後將其化為現實。

如果按照剛才的理論，大概是這樣吧。用遺跡聖劍（Dagr Carillon）（混在一起了）砍傷對手，就像靠說壞話讓對手屈服。而曾經屈服過的對手，會變得更難抵抗「你就是這種傢伙」的獨斷。

（……嗯……雖然好像搞懂了，但總覺得這樣很過分啊……）

優蒂亞瞄了一眼手邊的普羅迪托爾。那充滿紋路的劍身，當然沒有任何回應。

「唉，先不管什麼理論，只要能讓神明大人屈服，就能變輕鬆吧？」

「老夫的咒術，對現在的他應該也有效。」

少年的指尖放出淡淡的光芒，那道光逐漸滲入眼前的砂岩。

砂岩開始晃動。黏在表面的沙子接連剝落。原本是四肢的部位緩緩移動，最後終於站了起來。

「嗚呀……」

經歷漫長歲月終於起身的巨神，展現其威嚴的姿態。

大量的小石子隨之散落，優蒂亞用手護住頭，並發出讚嘆。

「我對他加上了『順從的馱馬』的定義。這樣他就能自己走動，還能順便讓他幫我們運行李。」

居然說什麼馱馬。

「這樣對待重要的神明大人，不會太過分嗎？」

「不用在意。翠釘侯應該也不會在意啦。」

「是這樣嗎？」

即使身體各處依然沾滿沙石，翠釘侯的外表仍散發令人屏息的魄力。光靠巨大的身軀，無法讓優蒂亞感到如此敬畏。

「這樣搬運他的問題就解決了。再來是原路折返的問題。」

「啊……說得也是。」

一想到之前走過的那段漫長的路程，就讓優蒂亞感到厭煩。雖然回程應該會比來的時候輕鬆一點，但真的只有一點而已。

她甚至考慮了一下要不要乾脆坐在神明大人的背上。但感覺坐起來應該不太舒服，所以還是算了吧。

「順便把那部分的問題也解決掉吧。」

大賢者直接蹲下，將指尖貼在地面上。

蒼白的光芒宛如複雜的編織花紋般，在地面迅速擴張。

彷彿光是這樣面積還不夠，又繼續延伸到牆壁和天花板上。

「這有點危險，別離老夫太遠喔。閉上眼睛，摀住耳朵，然後緊貼在翠釘侯旁邊。」

「你、你想做什麼？」

「這座地下迷宮裡沒有其他冒險者，地上也沒有城鎮。就算直接破壞掉也不會給別人添麻煩。所以久違地用點粗暴的手段吧。」

「……具體來說？」

「破壞一點大自然。」

蒼白色的光柱——

強硬地貫穿岩層、迷宮和大地，直接衝向天際。原本籠罩在上空的灰色雲層被打出一個工整的洞，從那裡能看見圓形的藍天。

過了一會兒，粉碎大地產生的爆炸氣流、衝擊和巨響開始蹂躪周圍。這裡原本是塊荒蕪的大地，但如今彷彿連荒野都不被允許存在般，整塊地面都被炸飛了。

聲音與震動甚至傳到了遠方，讓那裡的居民大吃一驚。鳥兒飛向天空、松鼠們逃回巢穴、狼群驚恐地嚎叫、銹龍（Rust Dragon）微微睜開眼睛。

優蒂亞稍微慢了一步才閉上眼睛和摀住耳朵。

所以就算周圍恢復寧靜後又過了幾分鐘，她還是覺得眼花耳鳴。即使如此——

「妳看，開了一條捷徑喔。」

她仍聽見大賢者若無其事的聲音，以及看到他指向正上方的手指。同時，也能看見那隻手指前方的藍天。

「…………那個，我想說一件我總算體會到的事實。」

優蒂亞說出從內心深處擠出的感想。

「你確實是威廉的同類呢。」

「那是什麼意思？」

少年像是感到意外，但又有些開心般，激動地問道。

6.（世界樹的指引）

——你本身就是這個世界的核心吧？

我曾聽過這句話。

那是第一次見到潘麗寶時，她說過的話。

雖然當時還無法理解這句話的意思，但現在當然不一樣了。

——妳知道**那個**是什麼嗎？

——當然知道。是剛出生的，不對，是即將誕生的幼〈獸〉吧。

這是潘麗寶前陣子和她一位女性好友的對話。

那些都是在說少年——亦即被取名為蒙特夏因的存在，並且讓原本什麼都不知道的少年開始有所自覺。

如果要比喻的話，這個世界就像一本巨大的書。

從曾經創造世界的眾神——黑燭公、紅湖伯與翠釘侯——身上**偷來**龐大的記憶，再彙編進巨大的書頁裡。雖然只有誤差的程度，但同時還加進了大賢者、艾陸可和獸人侍女的記憶。

名為蒙特夏因的存在，是那本書為了閱讀自己而專門創造出來的讀者。他的職責就是用自己的眼睛、耳朵、鼻子和肌膚，去感受這個世界並非空泛，而是確實存在於此處。這個世界是透過他的實際感受在維持著。

因為他是讀者，所以知道書裡每一頁的內容。他可以跳著看喜歡的部分，也可以回頭翻閱。就算想斜著看或倒著看，自己都覺得意思不通的內容也沒問題。

在這個靠偷來的回憶組成的世界，他厚著臉皮當一個傲慢又無所不能的存在。

因為他沒有屬於自己的回憶，所以也辦不到其他的事情。

†

少年抬頭看向天空時，發現那裡有一條細細長長，宛如裂縫般的線。

他心不在焉地仰望那條線後——

（……咦？）

感覺從某處傳來有人說話的聲音。像在呼喚這裡，又像在提問。

不過即使環視周圍，還是看不到任何人。雖然似乎瞬間看見一道宛如黑霧般的人影，但真的只有一瞬間，一眨眼便馬上消失了。

（是錯覺嗎……）

沒錯。仔細想想，當然一定是錯覺。這個世界沒有未知的存在。如果自己想找卻找不到，當下就能確定「不存在」。

少年趴在土地上。

濃烈的青草味讓他難以呼吸，但過一段時間後就習慣了。肚子深處傳來熟悉的感覺，這表示肚子餓了，但他提不起勁吃東西。

（…………我有可能餓死嗎？）

蒙特夏因少年茫然地想著這種事。

他覺得應該不可能。

〈十七獸〉原本就不需要進食。雖然有些〈獸〉擁有看似獠牙的部位，但只是看起來像而已，實際上的功用和爪子差不多。不需要進食的種族應該沒有餓死的概念。

少年嚴格來說並不算是〈最後之獸〉。而是身為這個世界本身的〈最後之獸〉，在自己內側創造出來的核心。

既然如此，不管肚子餓得多難受，自己都不會死吧。

只要自己一死，這個世界就會消失；世界消失後，當然也不會有「餓死」這種事；只要沒有餓死這種事，自己死掉的原因也會消失；只要自己死掉的原因消失，這個世界就不會消失。諸如此類的理由開始不斷繞圈子。那麼至少，可以確定自己人生的終點，不會是一般意義的死亡。

（…………難道我想死掉嗎……？）

少年如此自問。

他覺得就算活著也沒意義。

這個世界有許多美好的事物。因為許多過去的人們曾經度過的閃耀時光，都被封閉在這裡。不過，那些都是屬於過去的人們，並不屬於自己。

當然，接觸那些事物後，還是會覺得耀眼，也會產生憧憬。但是，也就只有這樣而已，無法再更進一步。

自己只要想去城鎮，就能立刻抵達城鎮；只要想吃什麼，就能立刻得到那樣食物；只要想見某人，就能立刻和那個人見到面。

但也就到此為止了。即使能自由翻開自己這本書的任何一頁，也無法進行改寫。

（……艾陸可……）

所以，自己才會不知不覺被她吸引。

那位年幼的星神不是〈最後之獸〉的一部分，而是來自外界的訪客（Visitors）。所以，她在接觸〈最後之獸〉這個仿造品後，依然能感受到美好和喜悅。她曾經親口說過，也用許多動作來表達感想。

她曾經稱讚這個用偷來的東西組成的世界很美麗。

所以，少年曾認為只要待在她的身邊，或許自己也能這麼想——用這種方式依賴她。

（對不起，艾陸可。）

因為自己當時還一無所知，才能純真地抱持這樣的希望，但現在實在無法再那樣想。越覺得這個世界美麗，越會被膚淺的自己，和這裡其實是偷來的事實給擊垮。

啊啊，這麼說來，自己曾學會怎麼做花環。

如果是現在的自己，應該能夠直接仿造出地上世界過去最美麗的花環吧。不過，不知為何，自己現在已經完全想不起來要如何用手指編花環了。

明明之前那麼拚命地練習過了。

（唉……算了。已經，什麼都無所謂了……）

少年閉上眼睛。

†

不曉得像這樣過了多久。

雖然在這段無所事事的期間，時間究竟有沒有在流動也是個問題，但總之——

†

「——在這種地方睡覺可是會死的喔。」

從頭上傳來了聲音。

「這一帶的森林棲息著各種生物，其中也包含了毒豬（Poisonous Boar）。被那個咬到可是會很慘喔。如果想睡午覺，還是找離村落近一點的地方比較安全。」

那是年輕男子的聲音，但聽起來有點模糊。

為什麼，他是誰——這些疑問只維持了一瞬間。答案以天啟般的速度直接出現在蒙特夏因的腦中。

沒錯，自己不可能有新的邂逅。

「反正對我來說，不管去哪裡都不會有任何改變。」

少年嘟囔著抬起上半身。

他抬起頭後，看見了聲音的主人。

對方穿著破破爛爛又髒兮兮的鼠灰色長袍，將兜帽戴到能遮住臉。

「……咦？」

少年並非對男子的外表感到驚訝。

他看了男子一眼，思考對方的身分，然後——

沒有立刻獲得答案。

理應成為全知的自己，有了不知道的事情。

「你就是現在這個世界的世界樹吧？」

男子語氣平靜地說著，同時脫下兜帽。

底下是一副異形的外貌。

基本上是人類男子的臉。至少有一半是。不過另一半的皮膚表面平坦，像由白色的無機質石頭形成。右眼擁有堅定意志的人眼，但左邊的眼窩空無一物，只剩下漆黑的窟窿。

蒙特夏因從自己的內側找出關於那張臉的知識。

「約書亞．埃斯特利德……？」

即使喊出這個名字，他仍沒什麼自信。那張臉的主人，擁有那個名字的人類所經歷的人生，應該不會讓他變成這樣。

男子——緩緩搖頭。

這個動作讓關節宛如發出慘叫般「嘎吱」作響。

「能用那個名字稱呼的男人很久以前就死了。這裡只有一個企圖模仿他的身影和人生，但最後仍失敗並即將損壞的可悲人偶。」

那應該是在自嘲吧。

與此同時，他對自己的分析也十分正確。

「你……知道真相嗎？那為什麼……」

照理來說，知道自己是人偶的人偶應該會自我毀滅。因為，過去的人類並不知道「自己只是披著人皮的其他存在」。

但這個叫約書亞的人偶並沒有落得那個下場。即使身體有一半已經變回人偶，他仍維持人形繼續行動。

「真正的約書亞年輕時，曾在經歷過一場大冒險後找到世界樹，然後得知人類這個物種的時限。他因此陷入絕望，並將後續的人生都花在拯救人類這件事上。」

異形男子輕輕聳肩。

「他絕望的理由是得知了『人類只是在〈原始獸群〉身上披著星神魂魄的存在』。換句話說，約書亞知道人類只是虛有其表的假貨。」

「……所以，你也一樣嗎？」

「似乎是這樣。即使被迫得知『自己只是在無臉的人偶身上披著地神記憶的存在』，也不會就這樣壞掉。」

男子寂寞地笑著補上一句：「雖然變成現在這副德性呢。」

「對不起。」

「嗯？為什麼道歉？」

「都是我的錯。因為我和〈最後之獸〉的誕生。因為我們想誕生。害大家受苦了。」

少年想起一件事並抬起頭。

「要我幫你回溯嗎？」

他覺得這是個好主意，所以振奮地繼續說道：

「無論是記憶，還是身體，我都能幫你變回一無所知時的約書亞．埃斯特利德。我可以辦得到——」

沒錯。現在的自己連那種事都辦得到。就像將正在看的書往前翻幾頁，不是什麼困難的事情。不過——

「不用了。拜託饒了我吧。」

男子搖搖頭。

「不管回到什麼時候都一樣。我還是會追求世界樹，然後面對相同的絕望。無論有沒有記憶，我都不想重複體驗那些事。」

「呃……」

這麼說來，確實如此。即使翻回前面的頁數，書本身的內容也不會改變。不會對接下來的發展造成變化。

人偶約書亞抬頭看向天空。

然後陷入沉默。時間就這樣緩緩流逝。

「約書亞尋找世界樹，是為了獲得指引。而更之後的目標，是拯救人類。」

「嗯。」

「我也同樣找到了這個世界的世界樹。不過這裡沒有人類——沒有任何能夠取回或拯救的事物。明明好不容易找到渴望已久的世界樹，現在卻不曉得該怎麼做。」

「嗯。我能理解。」

蒙特夏因點頭並伸出手。

他的指尖碰了一下約書亞人偶的臉頰——已經變成白色人偶的硬質表面。

「這個世界什麼都有，所以也等於什麼都沒有。」

少年自言自語般的輕聲說道：

「這裡沒有能夠取回、拯救，或是創造的事物。因為這裡只有收集到的過去，沒有現在，所以也無法邁向未來。」

人偶約書亞冷淡地用右眼看向蒙特夏因。

「——嗯。」

「嘎吱」一聲，人偶輕輕點頭。

「原來如此。我就是為此而來啊。」

「咦？」

「全知的世界樹啊，可以請你聽我說一下話嗎？」

「咦……」

蒙特夏因困惑地點頭。

人偶坐到少年身邊，眺望遠方的天空——

「我和真正的約書亞．埃斯特利德一直過著相同的人生。在巴傑菲德爾出生，接觸到聖歌隊的理念，沉溺於知道世界真理的立場——為了追求更深奧的神明智慧跨越海洋。」

「嗯、嗯……」

蒙特夏因當然知道他的人生經歷。因為這個世界就是以約書亞度過那種人生的紀錄建構而成。

「他最後抵達世界樹之森，被捲入和異種族的戰鬥。真正的約書亞在那裡受到瀕死的重傷，然後逃離戰場，拖著身子進入森林深處。」

沒錯，應該是這樣。

「不過，我不一樣。」

「……啊。」

蒙特夏因終於理解這個人偶想說什麼了。

剛才第一次被這個人偶搭話時，自己還認不出對方是誰。即使看了男子的臉，想起約書亞・埃斯特利德這個名字，那個記憶也與眼前的存在不一致。這明顯是異常狀況。

他是如何偏離原本的道路？

又是被什麼改變了樣貌？

人偶開口說道。

他在森林裡遇見了宛如女神的少女。

少女不只拯救了他的性命，還拯救了他的心。

在城寨度過的時間、與龍的戰鬥，以及危急時又有一位女神降臨。

然後，他和她們一起前往世界樹之森的深處——

人偶像個吟遊詩人（Menestrel）般說出這些故事，說出曾在他眼前發生過的事情，以及當時在場那些人的感情。

「我都不知道。」

蒙特夏因嘟囔道：

「我不知道那些故事（Episode）。」

「我想也是。她們是來自外界的訪客。是唯一能為只知道世界內側的你，帶來未知的存在。」

人偶輕聲笑道：

「她們對我們來說是救贖的女神。如果對你來說，未知是救贖的話——」

「……嗯。」

妖精兵。

出現在剛才話題裡的阿爾蜜塔和可蓉，以及自己認識的潘麗寶和只見過一次的緹亞忒都一樣。無論以何種形式，她們都是能讓這個世界繼續前進的存在。

蒙特夏因起身。

少年沒有問她們在哪裡。因為她們不是這個世界的一部分，所以無法直接得知她們的所在地。反過來講，如果在這個世界的某處有自己無法理解的地方，她們一定就在那裡。

「我出發了。」

蒙特夏因注視著遠方說道。

「去吧，祝你旅途愉快。」

「嗯，謝謝你。」

少年留下這句話後，就出發了。

†

——少年離開時的背影，讓人偶覺得非常耀眼。

被留下來的他靜靜閉上眼睛。

「……約書亞·埃斯特利德希望世界樹能指引自己。而約書亞的冒牌貨卻指引了假的世界樹啊。某方面來說，實在讓人痛快。」

人偶感慨似的說完後，露出笑容。

「那麼，嗯——這樣——」

一道宛如枯樹枝被折斷的聲音響起。

然後是宛如薄板被踏破的聲響。

「——也能算是——度過了有意義的一生吧——」

一陣風吹起。

一堆類似白色灰燼的物體隨風消散。

——之後什麼都沒留下。

7. 在太陽西斜的這個世界裡

溫暖的陽光。

和煦的午後。

「唔……啊……」

緹亞忒・席巴・伊格納雷歐發出宛如死者的呻吟。

聽說之前那個〈獸〉的核心——叫蒙特夏因的少年——逃跑後，她抓著潘麗寶的脖子拚命晃了好幾下，直到手痠才放開。在那之後——

「難以置信……真的是難以置信……」

「哈哈哈。世界今天也仍在轉動呢。」

「要我幫妳讓它轉得更快嗎？」

「妳就饒了我吧。」

被搖晃到失去平衡感的潘麗寶，稍微斜著身子搖頭。

「這個狀況到底該怎麼辦才好……」

「嗯，關於這點，我有個提議。」

潘麗寶一臉嚴肅地豎起手指說道：

「趕緊和大家會合吧。得知自己的真面目後，蒙特夏因在這個世界幾乎是無所不能。不是我們有辦法追捕的對象。在他有什麼大動作前，我們根本無計可施。換句話說，就是被迫只能伺機而動……所以還是先統合大家的情報，再一起想辦法比較好。緹亞忒，妳知道其他人在哪裡嗎？」

「……我說啊。」

潘麗寶的意見非常正確。

既合理又實際。

除了一個問題以外。

「怎麼了，不快點展開行動可是會錯失良機喔。」

「事情！會變成這樣！到底都是！誰害的啊！」

就是這個問題。就緹亞忒所知，事情現在會變成這樣，可以說是潘麗寶本人造成的。

「哈哈哈。我不認為這個狀況很糟呢。不如說比我預想的要好多了。」

「哪裡好了！」

「為了我們未來的和平，必須犧牲他的性命。假設這個前提無可動搖，妳覺得應該讓他在一無所知的情況下死去。還是該讓他在知曉一切後，選擇自己要走的路？」

緹亞忒原本開口想說「這種事還需要考慮嗎」。

不過，她的嘴巴背叛了自己的內心，發不出任何聲音。

「**妮戈蘭和威廉選擇了後者**。」

潘麗寶以平靜但堅定的聲音說道：

「即使是必須為了世界犧牲的生命，他們還是給了那些生命見識世界、學習知識和選擇如何使用自己性命的權利。因為他們的這份心意，我們才會在這裡。所以——我也要效法自己敬愛的那兩人。」

這麼做——

未免太狡猾了。居然在這個時候，搬出那些名字。

「當然，這是我個人的感傷和判斷。不會要求妳跟我一樣。所以，即使我們因此對立也無可奈何。不過嘛，可以請妳在不需要對立的部分，坦率地和我合作嗎？」

「——我說啊……」

緹亞忒本來想反駁。雖然想不出什麼具體的說法，但總之她想要回嘴。她因此吸了口氣，張開嘴巴，但話說到一半——

景色就變了——

「……咦？」

她人在城裡。

周圍非常吵鬧，不管往哪裡看都是人——都是人族。他們忙碌地交談並在路上穿梭。

沒看到潘麗寶。

自己周圍的環境瞬間變得截然不同，感覺就像突然被從夢裡拉回現實。

（這是……）

緹亞忒知道這種景色突然切換，宛如惡劣玩笑般的現象。

她曾在以愛瑪．克納雷斯的幻影為中心的幻想帝都中體驗過一次。

當時她看見大賢者記憶中的景象不斷切換。因為整座帝都是由他的幻想投影而成，而他在清醒前處於混亂狀態，才導致那樣的狀況。

但這次又是為什麼？

「……妳好。」

那是少年的聲音。

緹亞忒花了幾秒才察覺這是懸浮大陸群的公用語。

她回過頭。

一名少年宛如從周圍的景象中浮現出來般現身。在所有人都忙碌地走來走去的大道上，只有少年靜靜站在原地。

緹亞忒認得那張臉。

蒙特夏因。潘麗寶替他取了這個名字。

「我跟妳……」

「應該……不算是好久不見吧。我現在對時間的感覺有點混亂。」

少年露出虛幻的笑容。

「你給人的印象……有點不一樣呢。」

「是嗎……或許是這樣吧。」

少年往前踏出一步。

緹亞忒原本想後退一步，但最後還是作罷。她沒有放鬆警戒，並任憑對方拉近距離。

「潘麗寶在哪裡？」

「在原本的地方。我只有請妳一個人過來。」

「為什麼只找我？」

緹亞忒繼續以強硬的語氣問道。

少年來到緹亞忒的眼前——別說是伊格納雷歐的劍身，連彼此的手都能輕鬆碰到彼此的距離——然後停下腳步。

接著，他抬起頭，直直看著妖精兵的眼睛說道：

「我想跟妳聊聊。想跟妳這位毫不猶豫地過來消滅我，全心想要守護外面那個世界的妖精談話。」

「破壞世界的五名妖精（下）」
-imagecraft miniature garden-

1. 和他們不一樣

我想跟妳聊聊——

即使對方這麼說，緹亞忒也無法坦率相信。

這個少年和我方是敵對關係，而且無法光靠對話解決問題。只要這個少年還活著，懸浮大陸群就會毀滅。這和他們這些當事人的想法無關。

（……如果是潘麗寶，應該會說就算彼此敵對，還是能夠對話吧。）

緹亞忒想起好友的臉，在心裡苦笑。如果是愛著劍且喜歡透過劍與人溝通的她，感覺會說和敵人反而更好交流。

但緹亞忒·席巴·伊格納雷歐不是潘麗寶。

她會對交談過的對象產生感情，也對毫不猶豫地朝有感情的對象揮劍感到排斥。不如說她討厭這樣。不管重複幾次，討厭的事情就是討厭。所以，她早就決定不會和必須舉劍相向的對象談話。

「——我跟你應該沒什麼好說的吧。」

明明早就如此決定。

她卻背叛了自己的心，繼續說道：

「關於這個世界內側的事情，你比我更清楚；關於這個世界外側的事情，你就算知道也沒用。我說得沒錯吧？」

「沒這回事。」

少年搖搖頭——

然後輕輕揮了一下手。周圍的景色像被擦掉般消失，不知從哪出現了嫩草色的草原。

（又來了……？）

切換投影到周圍的記憶。少年不僅學會了這麼做的方法，還能熟練地運用。

「這個世界的一切確實都在我的掌握中。不過……」

少年無力地握緊嬌小的手。

「……這個世界，也只有能被我納入掌中的事物。明明正確地從地神大人的記憶中複製了真實世界。不過，真實世界一定更加閃耀。」

草原的景象持續變化。從白天變成晚上，再從晚上變成白天。從春天變成夏天，從夏天變成秋天和冬天，然後再次變成春天。草木成長、枯萎、發芽，然後再次成長。

「在只有仿造品的環境長大，不可能明白真實世界的美好。所以我想見真實的存在。見你們這些不是仿造品的真實存在。」

別再說了。

緹亞忒拚命忍住不叫出聲。

別對我傳達你的心情，別對我傾訴你的煩惱，別讓我理解你。

「我——」

以前的人（其實就是大賢者）似乎曾說過〈十七獸〉的名字，原本便是源自能為人類帶來死亡的十七種要素。

而逃過了十六種死亡的人最後面臨的死亡形式，即是Heritier。

小孩會讓世界產生變化，為父母居住的舊世界帶來變革。這同時也代表奪走只能依靠舊時代者的容身之處，將其塗改成不同的樣貌。因此這被視為一種人類死亡的形式，並冠上有繼承者（Heritiers）含意的名字——

所有並非永恆的事物，最後必須面對的末路。

「該怎麼說才好，我想變得更有自信。無論之後會變得怎麼樣，我想好好當自己……

對不起，我沒辦法說得很好。」

少年的說明確實相當拙劣。不過，緹亞忒覺得自己能夠隱約理解他想說什麼。

無論出身或環境如何，都不輕易用命運這個詞來概括。不想隨波逐流，想以自己的意志挺身面對。雖然不曉得自己能做到什麼，甚至連自己能否有所成就都不確定，但還是不想捨棄向前邁進的意志。

如果這些話是出自普通小孩的口中，可以說只是普通的青春期煩惱吧。即使從當事人的角度來看，這是要替過往人生找出意義的大問題，但對周圍的大人來說，這只是每個人一生都必經的過程。

「我能理解。」

緹亞忒自己也曾經歷過。

那個時期，即使怨恨自己的無力並哀嘆妖精兵的職責，依然無法放棄向前邁進——無法放棄追逐走在前面的那些人的背影。

這樣的煩惱就像賦予所有小孩的權利。無論最後是跨越、接受或挫敗，都能讓人生向前邁進，就是這樣的考驗。

「雖然能理解，但我無法協助你。」

緹亞忒腦中的潘麗寶笑著說：「哈哈，妳果然會這麼說。雖然嘴巴上這麼說，但不會付諸行動這點也很有妳的風格。」緹亞忒也在內心對腦中的她說：「吵死了，閉嘴。」

「真正的妖精倉庫。」

「…………」

「就在你們的世界吧？黑燭公和大賢者都沒實際見過。艾陸可只透過夢境隱約看過，所以對那裡只有模糊的印象。」

緹亞忒咬緊嘴唇。

她用力握緊劍柄，握到手指發白的程度。

「在艾陸可的印象裡，那裡既幸福又溫暖。她一定很嚮往那樣的地方。」

就是啊，就是啊。

即使現在時機不對，但緹亞忒還是感到自豪。因為妖精倉庫對所有妖精兵來說，是個值得驕傲的故鄉。

「真正的妖精倉庫到底是什麼樣的地方？這裡仿造的妖精倉庫是源自於艾陸可模糊的印象，讓人覺得難以捉摸。」

「……就算你問我是什麼樣的地方……」

這句話像是勉強擠出來的呻吟。緹亞忒開口回答。她忍不住回答了：

「六十八號懸浮島，離港灣區塊大約五百卯哩。在森林裡面。由奧爾蘭多商會和護翼軍共同經營。奧爾蘭多收購了一個在當地原本是學校的建築物。雖然本來應該會被當成機密倉庫之類的設施，但後來在各種因緣際會下成了妖精們的住處──」

緹亞忒像在唸商品目錄般，生硬地說道。

當然，她也明白眼前的少年想聽的應該不是這種說明，而是包含了更多感情，作為那裡出身者的感想。所以她才刻意說出這些每個人都知道的冰冷情報。這是最終還是與少年對話的她，所做的小小抵抗和攻擊。

令人意外的是，少年依然用閃閃發光的眼神說道：

「港灣區塊……是飛空艇起降的地方吧？原來如此，因為是在空中……所以是五百卯哩，呃……大概相當於這裡的一千阿爾姆吧？走一下子就會到呢……」

少年開心地喃喃自語。

「不、不好意思？」

「大概像這樣吧？」

僅僅一瞬間。

景色再次切換，連周圍的空氣也完全改變。草的味道消失，取而代之的是一種黏黏的不明質感竄入鼻腔。

（這、這是怎麼回事……）

視野的左側是闊葉林組成的森林，右側是一塊沙地，再往前則是一片神祕的藍色。

（……啊。）

是海。

緹亞忒知道這個詞。因為她聽過威廉用這個詞來比喻珂朵莉學姊眼睛的顏色。那是曾經存在於地上，極度遼闊，不僅內含一切又能夠吞沒一切的巨大鹹水坑。

一艘（看起來比飛空艇原始的）船在海上航行。在那艘船前進的方向，有一座小小的石造港口，而港口周圍有個小漁村。

緹亞忒看向森林的方向後就明白了。一條通往森林深處的道路在樹木的縫隙間穿梭。在那條路的前方，應該有棟老舊的建築物吧。或許連原本被當成學校使用這點都一樣。

少年應該是盡可能從地上世界的龐大記憶中，找出符合緹亞忒說明的景象。然而，因為地上世界沒有飛空艇，所以才用在海上航行的船代替。

「一點都不像呢。」

緹亞忒坦白說道。

「這樣啊……」

「不過這裡看起來是個好地方。如果我是在這裡出生長大，這裡大概會變成我最喜歡的故鄉。只是依然和我所知的妖精倉庫完全不同。」

說到這裡，緹亞忒忽然察覺一件事。

「話說，不需要特別問我，直接使用我的記憶就行了吧？〈最後之獸〉就是這樣的存在吧？」

「不。」

少年稍微低下頭，握緊拳頭。

「正確的複製沒有意義。雖然那樣一定能做出很棒的地方——但那是屬於妳，只屬於妳的妖精倉庫。」

「真搞不懂你。」緹亞忒搔著頭思考：「你執著的並非我們的倉庫，也就是說，只要不是複製品……只要是這個世界外側的事情都好嗎？」

「嗯……大概就是那種感覺。話雖如此，我對外面的事情一無所知，所以才想先從知道名字的地方開始。」

少年像是急著辯解般，講話的速度也稍微變快。

「……這樣啊。」

緹亞忒將手從自己的頭移向伊格納雷歐的劍柄並重新握住。

「那這個話題果然只能到此為止。」

她已經催發好魔力。

緹亞忒的魔力一如往常地稀薄且平靜，從頭到尾都非常穩定。對身體的負擔也極小，幾乎可以說就算總是維持催發狀態，也不會造成多大的負擔。即使如此，魔力仍是魔力，其功能不會改變。她手上的遺跡兵器仍是輕易就能斬殺敵人的武器。

她揮動伊格納雷歐。

劍身在即將碰觸少年脖子前戛然而止。

「──關於自己接下來要摧毀的事物，還是別知道得太詳細比較好。不然事後會非常難受。」

「原來如此。」

少年一說話，脖子就跟著動了起來。劍身淺淺陷入肌膚，從那裡滲出鮮血。雖然不曉得是模仿哪種生物，但那些血是紅色的。

「不過，就算是這樣也沒關係。不對，不如說我求之不得。因為那一定不是從別人那裡複製來的東西，而是只屬於我的痛苦。」

緹亞忒感覺自己的表情變得僵硬。

啊，果然不該和這個孩子對話。

並非因為兩人話不投機，而是因為兩人能夠流暢地溝通才不妙。正因為能夠溝通，所以少年在這段簡短的對話裡，已經按照他的期望，學會了不好的事情。

「謝謝妳替我擔心。」

少年笑道。他的笑容相當平穩，看起來不像在逞強。

「幹嘛跟我道謝，我可是刺客喔？」

「但妳幫了我一個大忙。」

一陣風吹起。

緹亞忒反射性地閉上眼睛，然後立刻睜開。明明沒感覺到任何聲音或氣息，但周圍的景色和少年站的位置都改變了。

她只覺得很遠。

根據目測，兩人之間正確的距離應該是七步。不過和眼前的距離無關，緹亞忒不覺得

能不能再見一面？

自己有辦法靠近對方。自己和少年——這個世界的核心之間被澈底隔絕。

「我是這個世界的核心，同時也是這個世界的觀測者。我生來如此，以後也只能這樣活下去。我能走的路只有一條，而且已經看得見終點。不過——」

少年大大張開雙手。

「就算只有一條路也沒關係。我會走上那條路。關鍵在於要怎麼走。這個選項，這個選擇，不是從別人那裡複製而來，而是屬於我自己——」

「——所以。」

那種思考方式。

和潘麗寶經常掛在嘴邊的話很像。

正因為她一出生就是用過即丟的兵器，同時也是打算以那種方式生活的妖精，才會擁有這樣的信條。

而這位少年的這個笑容，該不會——

「我會好好和你們戰鬥。」

會覺得對這個表情有印象，一定是錯覺。因為這個少年的臉和**那兩個人**一點都不像。

他們打造出凶惡的面具面對世人，但面具底下隱藏著對妖精們未來的擔憂。

但這個少年不一樣。在各方面都不一樣。他沒必要裝出凶惡的外貌，也沒在為妖精的未來著想。

如果硬要找一個讓緹亞忒覺得他和他們相似的理由，那應該只有一個。

這個少年打算在接下來的戰鬥中，用盡自己的一切。他想完美地結束一切，連一粒灰塵都不剩下。

「這是個聚集了各種偷來的事物打造而成的虛假世界。但有一群來自世界外側的真正戰士，前來破壞這裡。既然如此，守護這個世界的戰鬥也會是真實的。」

「等——」

緹亞忒制止少年的聲音，不知為何突然中斷。在這一瞬間的空檔——

「我等你們。」

少年低聲說完後——

緹亞忒腳下的地面就**裂開了**。

地面宛如輕薄的糖衣般粉碎。

「什麼？」

這並非坑洞陷阱之類單純的東西，而是大地直接被消滅，這樣不僅無處可踩，也無法跳向坑洞邊緣。

緹亞忒受到自己體重的牽引往下墜。

地面底下是一片黑暗。地面的碎片在黑暗當中閃閃發亮地散落。

緹亞忒原本以為所謂的大地應該是由砂石和土壤構成，即使挖掘表面也只會挖出大量土石……這在原本的世界是正確的想法，但不適用於這個只複製了回憶表面的世界。

這裡確實是個建立在一層薄冰上的世界。

一旦腳底的虛構被撕裂，底下就只剩下無限的虛無。

「唔哇！」

緹亞忒展開幻翼。幸好她原本就處於已經催發魔力的備戰狀態，所以沒花多少時間。她順利在撞上黑暗底部的地面前停止下墜。

不對。這片黑暗真的有底部嗎？或許即使沒有翅膀，也只會無止盡地持續墜落而已。緹亞忒覺得應該是這樣。

她試著往上看，但找不到自己掉下來的洞，四面八方都是模糊的黑暗。唯一能看見的東西，只有被幻翼照亮的自己。

「……被關起來了啊。」

緹亞忒用手指按著額頭，呻吟似的說道。

不知為何，她不覺得自己陷入了什麼危險的狀況。從那個少年說的話判斷，他應該期待我方能發揮某種功用。

雖然他的意圖還不明確，但至少這裡不是無法逃離的場所。應該可以對他有這點程度的信任。

「……這裡應該不是只要稍微動一下腦筋就能出得去的地方……吧？」

緹亞忒・席巴・伊格納雷歐原本就是喜歡行動勝於思考的孩子。後來也保留這個特性長大成人。

換句話說，她從以前到現在都不擅長深思熟慮。

在空無一人的黑暗當中，沒有其他人看見妖精兵流下了一絲冷汗。

2. 曾帶來災難的傳說地神

太陽很耀眼。

風吹起來很舒服。

感覺身體好像要融化了。不對，不如說自己想要融化。

「呼……」

優蒂亞仰躺在草地上，發出缺乏幹勁的嘆息。

「第一次體驗到太陽如此可貴呢……」

「雖然是假的太陽。」

「別說這種掃興的話啦。」

優蒂亞低聲抗議，同時喝了口水壺裡的水。雖然不是冰水，但水分緩緩浸透全身的感覺仍十分暢快。

兩人已經探索完地下迷宮，也帶回了目標的地神並（用有些強硬的方法）返回地面。該做的事情真的告一段落。成就感、解放感與疲勞混合在一起，奪走了四肢的力氣。她現在完全不想動。

優蒂亞抬頭一看，發現縮在一旁的翠釘侯似乎正舒服地曬著太陽。不對，這應該是錯覺吧。

「妳身體的狀況怎麼樣？」

「嗯～什麼意思？」

「就是字面上的意思。地下深處的詛咒當然對身體不好。據說許多冒險者因為過於逞強，一回到地面便立刻臥病在床。老夫姑且是有展開防壁。」

「這種事，真希望你能夠事先就告訴我呢。」

優蒂亞無力地將右手舉到眼前，試著張握了幾次。

「嗯～大概沒問題。只是累到暫時不想動而已。」

「這樣啊。唉，好吧。有時候也需要休息。」

少年外表的大賢者像個老人般感嘆了一聲，坐在附近的岩石上。

「差不多該好好思考接下來的事情了。既然已經確保了翠釘侯，下個課題就是要怎麼會合。還必須思考要怎麼做出能讓所有人通過的出口……」

「真辛苦呢。」

優蒂亞再次打開水壺，事不關己似的說道。

一滴水滴在她的舌頭上，然後就沒了。根本喝不夠。

「欸，你還有水嗎？」

她不抱期待地向大賢者問道。接著——

「請用。」

從旁邊伸出一隻白皙的手，將全新的水壺遞給她。

「喔，謝啦。」

優蒂亞收下水壺後打開蓋子，再次喝起了水。真好喝。而且那些水不知為何是涼的，讓人聯想到在森林裡流動的小溪。

她一口氣喝完水後吐了口氣，用袖子擦了擦嘴巴。

「謝啦，我又活過來了，沒想到世界上有這麼好喝的水啊。話說——」

此時，她總算察覺一件事。

「你是誰啊？」

眼前有個不認識的人。

是一個看起來年齡比優蒂亞還小很多，一頭白髮的男孩。雖然應該比莉艾兒大，但優蒂亞不太了解男性所以無法確定。

「啊，我是〈最後之獸〉的核心。幸會。」

對方彬彬有禮地低頭打招呼。

「啊，你好……」

優蒂亞也跟著低頭行禮。

「……咦，〈獸〉？」

「是的。我是來見自己的生身父親。」

「咦，父親？」

一頭霧水的優蒂亞只能重複剛才聽見的話。少年無視混亂的優蒂亞起身。

父親。是指誰啊？這裡只有自己和大賢者。所以他是大賢者大人的私生子嗎？所謂的父母，通常是指讓自己誕生的兩個同種族的人，換句話說應該還有一個母親，那是誰呢？

「你是……」

大賢者發現少年後，發出困惑的聲音。奇怪，他的反應像第一次見到少年。難道是不曉得自己有孩子嗎？人族也有這種狀況嗎？由父母生下來的生物真是辛苦啊。

不對，等一下。

補充完水分的大腦開始逐漸恢復運轉。

這個人剛才是怎麼介紹自己的？他好像說自己是〈最後之獸〉的核心。印象中那是被大賢者看穿其存在，緹亞忒學姊前去討伐，在這次的戰鬥中需要最優先擊倒的對象——

「那傢伙是敵人！」

在優蒂亞大喊的同時，大賢者已經展開行動。他將手掌對準少年，用散發微弱光芒的五根指尖描繪出螺旋的軌跡，在空中形成圖案。

這是優蒂亞在地下迷宮中已經看過許多次，用來破壞的咒蹟。即使單純碰觸光芒和圖形並不會造成傷害，但這兩者任意改變的現實，能賦予對象自我毀滅的宿命。

至於少年。

——他什麼也沒做，只是露出有些寂寞的微笑。因為沒有那個必要。大賢者描繪出的圖案立刻失去力道，在空中消散。

「咒蹟的本質是改寫世界吧？既然世界的觀測者在眼前監視，法術自然無法成立。」

大賢者倒抽了一口氣。

至於優蒂亞——她幾乎是用跳的起身，而且手裡已經握著普羅迪托爾。雖然來不及催發魔力，但反正普羅迪托爾也不會回應，所以她決定不去在意。優蒂亞並未特別接受過專業的士兵訓練，她以只是有點喜歡運動的十五歲孩童的身體能力，舉起大劍揮下。

「……對不起。」

少年文風不動地承受了這一擊。

優蒂亞使出的全力化為衝擊反彈回自己的手。劇痛讓她發出慘叫，劍也跟著脫手。

「想直接破壞我……大概需要足以破壞這個世界的威力。」

少年愧疚地說著，同時環視周圍。

「這裡只有兩個人啊。看來你們還沒會合。狀況跟我想得有點不一樣，我晚點再去找其他人。」

「你……說什麼……」

少年朝發出呻吟的優蒂亞輕輕點頭後，邁開步伐。

他走向依舊縮成一團的翠釘侯。

少年伸手觸摸沾滿沙塵的表面，輕輕撥掉沙子後，用手觸摸從底下露出來的——金屬曲面。

優蒂亞和大賢者都無法阻止他。

「呃。我應該，叫你爸爸吧？從字面上的意義來說。」

他生硬地喊道：

「對不起……我有了想做的事情，可以幫幫我嗎？」

「——不妙！」

大賢者似乎察覺了什麼，開始展開行動。他用力以腳跟踏了一下地面，同時展開許多小圖形，將他的身體強烈地吹向後方。

大賢者在退後的同時，順手抓住了優蒂亞的脖子。

「咿呀？」

「閉上嘴巴，小心咬到舌頭！」

大賢者喊完後，進一步加速。他接連施放許多咒蹟，試圖盡可能遠離翠釘侯。

「為、為什麼……」

「妳問為什麼能夠使用咒蹟嗎？雖然在那傢伙的觀測下無法發動，但他只能依靠自己的眼睛和耳朵觀測吧！所以我試著在他的死角描繪小規模的圖形！看來是賭對了！」

優蒂亞想問的不是這種事。

「我想問的不是這個，為什麼要逃跑啊？」

優蒂亞也覺得自己問這種問題很怪，畢竟對方完全不是她能應付的對手。以她和大賢者的能力，無法對少年造成傷害。

不過即使如此，她也不認為已經到了必須捨棄一切逃跑的狀況。為了達成我方的目的，翠釘侯的屍體是絕對不能放棄的東西。

「那還用說，因為這是第二次了！」

「什麼第二次啊！根本聽不懂你在說什麼！請你再說明得詳細一點！」

大賢者不悅地咋了一下舌後說道：

「翠釘侯已經進入備戰狀態！五百年前，老夫和同伴們幾乎對他束手無策，真的是一瞬間就被擊敗了！還需要說明什麼嗎？」

呃，所以到底是怎樣？

雖然這個說明照樣讓人摸不著頭緒，但優蒂亞還是明白大賢者正焦急不已。

回頭一看——兩人已經離一開始的地方有段距離。但和幾秒鐘前相比，狀況並沒有明顯的變化。地上依然開著一個大洞，少年仍待在翠釘侯的身邊。然後——

「啊。」

能不能再見一面？

翠釘侯站了起來。

他像在做伸展運動般活動身體各處，身體表面的沙塵也跟著散落。因為每個動作都十分柔軟流暢，與金屬外表相反，看起來更像美麗的肉食動物。

剛才還是匹「順從的馱馬」的翠釘侯，現在的動作宛如其他的生物。

「不妙。」

他轉動脖子——

頭盔底下的視線，看向了這裡。優蒂亞有這種感覺。

「不妙，感覺非常不妙耶！」

「這樣啊，真高興咱們意見一致呢！」

大賢者自暴自棄地喊道。

下一個瞬間，優蒂亞面前掀起一陣暴風。

†

離那裡有段距離的山上。

「那是翠……」

一名紅髮少女低聲喊出這個名字。

「欸，翠在幹什麼呢？」

少女——艾陸可·霍克斯登抬頭向身旁的女子問道。

「這就是所謂的最終戰役呢。先不管是對誰來說。」

被問到的女子——潘麗寶·諾可·卡黛娜瞇起眼睛。

「蒙特夏因已經確立自己的目的。他打算操縱翠釘侯的屍體，當作自己的棋子……雖然不曉得他是怎麼做到的。」

『那個蠢貨本身就有和人類敵對，並將這個世界鬧得天翻地覆的經歷。只要將世界的記憶和本體的屍體重疊在一起，便能重現當時的樣貌吧。』

在女子旁邊，一隻彷彿在風中徜徉，浮在空中的半透明空魚用中年女性的聲音說道。

「原來如此，還有這招啊。既然同為地神的妳都這麼說了，應該就是這樣吧。」

『話先說在前頭，我可沒有確切的證據喔，只是從實際發生的事情進行推論，如果猜錯了，可別找我負責。』

「無所謂，反正一樣都是超乎我們的理解。」

潘麗寶聳肩回答。

「那麼紅湖伯，我們該怎麼辦呢？作為一名認真的地神，妳接下來有什麼打算？」

空魚沒有回答，將頭轉向少女。

『……艾陸可。妳打算怎麼辦？』

「嗯。」

少女輕輕點頭。

「我要留在這裡看。」

「妳不去見蒙特夏因嗎？」

「雖然我想見他，但現在應該不行。」

少女搖搖頭——

「大概會讓他困擾。所以不行。」

『……既然如此，我該做的只有一件事。就是陪這個孩子留在這裡。』

「這樣啊。」

現在的紅湖伯是魂魄體。她早已失去物質方面的身體。在被這個世界囚禁時，她曾一度被恢復成過往的姿態。但她選擇捨棄那個身體，成為不自由的魂魄體。

她的魂魄體無法單獨存在。只能透過寄宿在奉為主人的星神，或是從她身上分割出來的分身——也就是妖精們的精神中，才得以存續。所以她在這個世界時，一直是與潘麗寶共同行動。

「妳之前不是沒打算回艾陸可身邊嗎？」

『因為當時即使我們不在，艾陸可依然過得很有精神。既然情況已經改變，要我收回前言幾次都行。』

「原來如此呢。」

潘麗寶輕輕揮了揮手。

紅湖伯的身影逐漸變得稀薄，最終消失。

地神已經從她的心裡消失，以原本的形式回歸主人身邊。所以潘麗寶已經看不見她的身影，也聽不見她的聲音。

「那麼，既然事情已發展到這個地步，我也差不多該走了。」

潘麗寶稍微伸了個懶腰活動筋骨後，展開幻翼。

「咦？」

艾陸可連忙抓住了潘麗寶的衣襬。

「妳要走了嗎？」

「是啊，我好歹也是個認真的妖精兵，如果偷懶太久會被罵啊。」

「**潘麗寶**。」

「嗯。」

「再見。」

艾陸可的指尖鬆開了潘麗寶的衣襬。

「……嗯。」

笑著豎起拇指後——妖精兵蹬地跳向空中。

3. 在雨中

下雨了。

而且持續下個不停。真是場漫長的雨。

中間一度有雨停的跡象。當時覆蓋天空的雲量也減少，能夠清楚看見藍天。所以「覺得不能一直待在小屋裡」的兩人才決定啟程。

第一個失算，是在那之後不到半天，又開始下起大雨。

第二個失算，是那場雨立刻變得比她們躲進小屋時還強。

她們找到一個看起來還可以的洞窟後，立刻逃進裡面。

「看起來還可以」表示滿足了能夠短暫停留的條件。那個洞窟不僅有一定的深度，高度看起來也不會輕易淹水，走起來不會太危險，洞內也沒有比她們早到的麻煩對象。

不過與此同時，也只有還不錯的水準。和那座山間小屋不同，不適合長時間停留。就算不會直接被雨淋到，風還是會把雨吹進來。而且既沒有可以坐的地方，也沒有能用來遮擋雨聲的牆壁。當然，就算肚子餓了也無法做飯。

「……該怎麼辦才好？」

阿爾蜜塔茫然地望著黑色的天空嘟囔。

「嗯～」

一旁的可蓉雙手抱胸，發出呻吟。

「不如用飛的怎麼樣！」

「再怎麼說都太危險了吧？」

「只要飛到雲層上，或許就不危險了！」

「光是衝進那堆雲裡就非常危險吧？」

可蓉大聲地喊了一句：「確實呢！」便繼續抱胸歪頭苦惱。

在如夜晚般的黑暗中，只有偶爾打下的閃電照亮剛才提到的烏雲。那片雲漆黑如墨，裡面的氣流宛如激流，如果飛進那種地方絕對不可能平安無事。阿爾蜜塔不希望這樣。

不過這和怕死果然還是有點不同。她不希望事到如今才變得無法戰鬥；不希望來幫學姊們忙的自己，什麼都還沒辦到就脫離戰場；不希望讓阿爾蜜塔這個人——這個存在，最後只變成一個扯後腿的。她害怕的不是死亡，而是只能迎來這些討厭結果的未來。

雖然或許這兩者之間沒什麼太大的差別。

（……好冷啊。）

溼透的衣服剝奪了體溫。這裡無法生火，只能任憑體溫持續下降。這樣下去，感覺會生病。

如果稍微催發魔力，或許會有所改善。當然魔力本身就是對身體有害的技術，所以需要好好控制。沒有做過這種控制訓練的自己，必須特別集中精神才行。

阿爾蜜塔決定嘗試看看。她試著想像某種刺刺的熱能通過血管在體內循環，之後感覺全身都稍微變暖了。不曉得這算是進展順利，還是在傷害身體，實在很難判斷——

（咦？）

她感覺到一股不協調感，並非來自身體內側。

「劍……」

是揹在背上的遺跡兵器。儘管並未直接碰觸，但那把劍還是對阿爾蜜塔催發的些微魔力產生了反應，而且還是至今從未有過的既強勁又劇烈的反應。

彷彿在對主人訴說著什麼。

又或者正好相反——是在回應某人的訴求。

「帕捷姆……？」

幾乎就在阿爾蜜塔說出這把劍名的同時——

天空——

「——咦！」

突然放晴了。

烏雲和閃電，以及其他的一切瞬間消散。

大地上甚至沒殘留任何痕跡。不是被風雨吹倒的草木都消失了，而是目光所及的一切都沒被雨水淋溼。

彷彿剛才的所有體驗都只是夢境。

「這是怎麼回事？」

與鬆懈的聲音相反，可蓉謹慎地以銳利的視線環視周圍。即使這明顯是異常狀況，在視線範圍內卻沒什麼可疑的跡象。甚至讓人覺得出錯的可能是自己以為有下雨的記憶。

原本溼透的衣服也在不知不覺間變乾。不過唯獨身體內側依然感到寒冷。

「原來妳們在這裡啊。」

一道聲音響起。

往右看。那裡沒有人，只有一片寧靜的樹林。

往左看。這邊也一樣，只能看見連綿的山脈。

正面——找到了。

一名白髮少年不知從何時起站在那裡。儘管沒有大意，也沒有移開視線，但還是無法確認他是何時現身。

「我找了好久……妳們也是妖精兵吧？」

「你是誰？」

可蓉語氣尖銳地問道。

「呃，我是妳們的敵人。請多指教。」

「咦，啊，好的，我才要請你多多指教。」

阿爾蜜塔反射性地低頭行禮，但腦中覺得好像有點奇怪。

「敵人？」

「是的。我是〈最後之獸〉的核心。」

「核心……嗎？」

阿爾蜜塔缺乏緊張感地問道。

「呃，可是……」

〈最後之獸〉本身沒有核心，所以才必須以地神們的記憶為基礎捏造世界。阿爾蜜塔是這麼聽說的，後來也沒有獲得推翻這個前提的情報。

「妳知道嗎？」她朝旁邊投以確認的視線，但可蓉沒有回應。

「你自稱是敵人。是想和我們戰鬥嗎？」

她緩緩催發魔力，同時詢問少年。

「……是的。我的這個世界，和妳們的懸浮大陸群（世界）。究竟哪一邊能夠倖存下來……嗯，我要和妳們進行像那樣的決戰。」

「你覺得自己有勝算嗎？」

少年僅僅一瞬間表現出明顯的狼狽。

但他立刻恢復表情，自信滿滿地說：「當然有。」或許是原本就不擅長說謊和演戲，連阿爾蜜塔也看得出來那並非少年的真心話。

「你——」

「對不起，呃，請加油！」

少年似乎很慌張——不對，是真的很慌張地揮了一下手。

下一個瞬間，大地——

不對，是偽裝成大地的一層宛如薄冰般的構造裂開了。

「喔。」

「咿呀！」

這個完全出乎意料的發展，讓人措手不及。

可蓉和阿爾蜜塔在失去落腳處後，墜入黑暗。

†

墜入黑暗後——

（這、這是怎麼回事？）

阿爾蜜塔自然陷入了混亂。

她混亂到忘記要展開幻翼，在黑暗中持續墜落了一段時間。當然，這不是什麼大問題

——這裡一定沒有底部，所以無論是浮在空中還是墜落，都不用擔心會死。

該擔心的是其他事，例如——

「可、可蓉學姊！妳在哪裡？」

理應在她身旁的人不見了這件事。

「這裡……是哪裡？」

放眼望去，這個空間全都被黑暗籠罩，很難找到出口。

「有……有人在嗎！有沒有其他人在！」

阿爾蜜塔試著大喊。她當然希望有人回應，同時也期待能聽到回聲——藉此確認牆壁

或其他邊界的方向。

只是她的期待落空了。

「…………？」

感覺聽見了其他聲音。

而且還是非常熟悉的聲音。

「……優蒂亞？」

她側耳傾聽。不是錯覺，她確實聽見了。雖然不曉得對方在說什麼，也無法說明自己為何能夠如此確定，但那是優蒂亞的聲音。

她看向聲音的方向。

從那裡能看見像光的東西。明明這裡直到剛才都還暗到伸手不見五指，但不知不覺間出現了光芒。

「………」

她瞬間擔心可能是陷阱，並因此猶豫了一下。

阿爾蜜塔在胸前握緊嬌小的拳頭。

然後，她大大展開幻翼，在黑暗中飛翔。

4. 夢鏡的迷宮

面對那一擊——

翠釘侯為了粉碎眼前敵人而放出的槍擊，被大賢者施展咒蹟防護壁從正面抵擋。應該說他原本打算擋下來。

但是區區人類展開的防護壁，當然無法阻止地神的攻擊。連落雷都能輕易擋下的防護壁宛如絲綢般，被輕易撕裂，精密描繪的光之圖形也化為無數碎片飛散。

長槍的槍尖固然沒被擋下，攻擊的軌道也沒有偏離。長槍筆直朝目標逼近，然後撞上第二道防護壁。第二道防護壁也瞬間被撕裂消散，緊接著，第三道防護壁攔下了長槍。

即使是如絲綢般薄弱的防禦，重複疊上幾十、幾百層後，還是能夠稍微阻擋神明的槍尖。大賢者在雙方交鋒的瞬間，完成了這項偉業。

他避開了直擊。

被槍擊貫穿的大氣發出怒吼，瞬間形成暴風。那陣風將大賢者和優蒂亞捲向高空——

從結果來看，這讓他們免於被後續的衝擊波及。

「什……」

優蒂亞在空中扭轉身體恢復姿勢，然後展開幻翼撐住大賢者。

「剛才那個攻擊……也太亂七八糟了吧？」

「哼。這點程度，離翠釘侯的全盛時期還差得遠了。」

「不不不，那個居然還不是最強，這玩笑未免開太大了……」

優蒂亞此時才察覺。

大賢者的雙手被染成了紅色。他的皮膚、肉，甚至骨頭都裂開了。

描繪高位咒蹟時，有一種技術是讓圖形的一部分與自身連繫在一起。在這種情形下，咒蹟遭破壞時的衝擊也會回饋到施術者身上。

不過這次的狀況不同。以人類的血肉之軀，根本無法在攻防的瞬間描繪出好幾百層的攻城戰級防護壁。所以大賢者用最初描繪出的咒蹟，強制讓自己的雙手手指自行行動。這樣即使肌肉斷裂、血管破裂或肌腱灼傷，也不會停止動作。

他就是這樣施展出無論在數量或等級方面，都遠遠超越原本極限的防禦。必須做到這種程度，才能勉強擋下翠釘侯的一擊。

而即使做到這種程度，也只能擋下一擊。

「……這既不是在開玩笑，也不是在找碴。老夫以前遇到的翠釘侯的長槍，可沒這麼容易擋下。老夫胸口上的大洞就是證據。」

大賢者瞬間瞄了一眼自己的胸口。

在他的胸口上，有一道於過去的戰鬥中連同心臟一起被貫穿的舊傷。

「不幸中的大幸是，看來莫烏爾涅造成的傷還在。現在的翠釘侯只有和人類戰鬥時的末期，也就是最衰弱時期的強度。」

這算是好消息嗎？

「最弱的時期就這樣……那我們該怎麼辦才好？」

「該怎麼辦才好呢？」

大賢者苦惱地說道。

翠釘侯攻擊完後，以緩慢到不可思議的速度重整態勢。他像拉弓般將長槍拉到肩膀後方，擺出準備再次攻擊的架勢。

「總之先離他更遠一點再說！」

優蒂亞抱著大賢者飛行。

雖然她不擅長操控幻翼，不過現在不是說這種話的時候。

從剛才的那一擊就能明白，如果維持同樣的高度，無論拉開多長的距離都會瞬間被追上。所以她盡可能朝斜上方飛行，同時抬升高度。

不曉得有沒有什麼派得上用場的東西。

此時，優蒂亞想起了背上的遺跡兵器。如何啊，普羅迪托爾，面對這樣的危機，就算是你也會稍微鼓起幹勁吧？不行啊。果然不行呢。即使優蒂亞試著喚醒普羅迪托爾，但一樣還是沒有反應。

「不妙！」

大賢者在大喊的同時，拉了一下她的脖子。

優蒂亞失去平衡後，兩人的高度瞬間降低。下一個瞬間，一陣颶風從旁呼嘯而過。

「…………咦？」

兩人躲過了攻擊，但餘波還是扯斷了她幾根頭髮。

「那是怎麼回事？」

優蒂亞表情僵硬地問道。

「**是個讓人搞不懂原理的攻擊！**」

「什麼意思！你這樣還算是大賢者嗎？」

「老夫也沒辦法啊，既然完全感覺不到空氣的移動或振動，就表示不是風或衝擊波之類的攻擊，這不是能用一般理論衡量的東西！雖然感覺和氣斬系的劍術招式很像，但這根本不是老夫的專業領域，所以老夫也不太記得！」

「什麼意思！你這樣還算是大賢者嗎？」

「吵死人了！別只會大聲嚷嚷，躲避攻擊啊，下一波要來了！」

在兩人大喊的期間——翠釘侯再次舉起長槍。這次的架勢和剛才有點不同。動作的幅度比較小——看起來是比起威力更重視連續性和速度的架勢。

「不妙。」

優蒂亞心想這次真的無計可施了。

她本來想直接把這個想法說出口，但時間根本不夠。

那陣颶風又來了。翠釘侯再次施放看不見的透明攻擊軌跡。

†

阿爾蜜塔・賽蕾・帕捷姆在黑暗中飛行。

——好遠。

無論再怎麼飛，感覺都無法縮短距離。

即使如此，阿爾蜜塔仍持續朝光——能聽見聲音的方向飛行。

她開始在自己周圍看見小小的光芒。

在持續飛行的期間，阿爾蜜塔逐漸看清那些光的真面目。

那些都是敞開的書頁，是映照出某處景象的鏡子，也是能看見陌生風景的玻璃窗。

在每一道光芒中，或是在光芒的另一側，都有一個故事——亦即某人的人生經歷。因為無法一個一個地仔細看，所以阿爾蜜塔只能隱約感覺到應該是這樣。

就像走在美術館的迴廊上，眺望各式各樣的作品。

（這裡……到底是什麼地方……）

阿爾蜜塔心不在焉地想像著。

假設……只是假設而已。若所有妖精的記憶或靈魂之類的東西，其實都在看不見的地方連繫在一起。這裡或許就是那樣的地方。

據說所有妖精在很久以前都是同一個存在。阿爾蜜塔隱約記得小時候，曾聽艾瑟雅學姊說過類似的話。某個巨大的東西碎裂後飛濺出來的小碎片，成為妖精的源頭。而妖精們直到現在，仍在某個看不見的地方與那個巨大的東西連繫在一起。

（——啊。）

前方的光芒變得更加鮮明閃耀。

聽見的聲音也變得更加清晰。

阿爾蜜塔確定這個地方與那道光，和這個聲音主人的所在地連繫在一起。

「優蒂亞——！」

她呼喚這個名字，將魔力催發得更加猛烈，並大大展開幻翼。

阿爾蜜塔衝進眼前那道逼近後變得更加龐大的光芒。

†

她作了一個夢。

很久以前，在優蒂亞還沒獲得優蒂亞這個名字之前。在她遠離誕生的島嶼，剛抵達妖精倉庫時的夢。

她曾因為想在廚房裡幫忙而打翻鍋子或盤子，然後受了重傷。當時造成了三道割傷，其中一道深深留在左手臂上。另外還有兩道嚴重的挫傷，分別位於側腹和右腳。側腹那邊的骨頭甚至還因此裂開。

當然，她那時並不曉得自己具體受了哪些傷，也沒有餘裕思考這件事。只知道發生了很嚴重的事情，身體各處都痛到動不了，真傷腦筋，明明原本只是想遞番茄醬的瓶子給娜芙德姊姊。如果手沒辦法動，就不能繼續幫忙了——年幼的孩子以她的方式想著這些事。

妮戈蘭立刻趕到，眼眶含淚地喊了些什麼，然後將她抱了起來。她被送到醫務室，全身被消毒藥水、貼布、夾板和繃帶等物品又貼又纏地捲了好幾圈。最後，妮戈蘭溫柔地抱著她，哽咽地說道：

『拜託妳，要活下來。』

雖然當時完全聽不懂那些話。

不過她之後逐漸變得能夠理解。

『我知道這對現在的妖精們來說很難懂。不過等妳們長大後，一定會在某個時刻明白自己活著的意義。在某一天找到自己想做的事情，並希望自己能夠繼續活下去。所以拜託妳，至少要好好活到那一天——』

——不對，這該不會就是所謂的走馬燈吧？

察覺到這件事的瞬間，她開始清醒。

這只是普通的清醒，也就是從沉睡中恢復意識的清醒。優蒂亞因為衝擊和劇痛而變得模糊的意識，花了幾秒鐘的時間才恢復。

（……唔，好痛……）

光是較大的割傷就有六道，尤其是右手臂的那道特別深。雖然不太想數有幾道挫傷，但腳和肩膀的骨頭應該斷了幾根。

（發生了，什麼事——）

模糊的記憶也很快就大致恢復了。

或許是拚命逃跑的策略奏效，自己勉強在翠釘侯的槍擊中保住了性命。因為在被攻擊前全力將大賢者丟了出去，所以他應該也沒事，大概吧。

不過自己已經遍體鱗傷到想發笑的程度。

應該沒有生命危險，但動不了的話，結果還是一樣，下一擊就躲不掉了。

和小時候不同，這次妮戈蘭不會趕來。只能靠自己想辦法，但自己已動彈不得。

（——我已經活夠了嗎？）

優蒂亞心不在焉地想著這種事。

（等長大後，會在某個時刻明白自己活著的意義啊。即便到現在還是沒什麼概念……但我有找到想做的事情和想繼續活下去的理由嗎……）

翠釘侯逐漸靠近。

他已經不再擺出誇張的架勢。儘管沒有對受傷的對手疏忽大意，但也沒必要刻意用大動作的招式收拾對方。畢竟只要舉起長槍，然後刺下去，一切就結束了。

（我沒有想當的人或想做的事。但是，我有個想待的地方……）

這是自己以前對威廉說過的話。

當時並沒有思考得太深入，只是直接說出心裡想到的話。不過現在回頭來看，那其實很接近自己這個妖精的本質。

臨死之前，心裡只想得到一個願望。既不是後悔自己沒有成為期望中的樣子，也不是對未能完成想做的事情感到遺憾。

而是想待在一定會努力過頭的**那個女孩**身邊。明明是為了這個目的來到這個世界，卻什麼都沒做到。一開始就被拆散，直到現在都還沒會合。未能待在自己想待並且應該待的地方。

心裡充滿了對自己的失望，以及──

「阿爾蜜塔。」

即使自己不在了，還是希望她能好好地活下去──這樣的心願。

少女閉上眼睛。

靜靜地等待死亡。

頭上響起一道落雷般的聲響。

優蒂亞知道自己就要死了。

這麼說來，雖然真的太遲了，但優蒂亞總算想起自己想做的事。那就是想喝豆子湯。

（……不對，等等，好像有點奇怪？）

等過了大約一眨眼的時間後，優蒂亞才注意到情況不太對勁。

剛才響起了一道落雷般的聲響，應該說那個聲音至今也還在耳朵深處繚繞。不過這樣有點奇怪。因為翠釘侯的攻擊比聲音還要快。當聽見風聲時，那把槍的槍尖應該已經刺出去了。換句話說，現在無法防禦或閃躲的優蒂亞應該沒機會聽見那個聲音。

優蒂亞納悶不已，並緩緩睜開雙眼。

陽光直射眼睛，讓她感到非常刺眼。

等眼睛逐漸習慣那道光芒後——

從哪裡，或是什麼時候，這些疑問全都被吹跑了。

面對著陽光，阿爾蜜塔・賽蕾・帕捷姆的背影就在眼前。

5. 世界這本書的目錄

在黑暗中墜落與飛行的期間，緹亞忒明白了幾件事。

雖然這裡一片漆黑，但並非什麼都看不見。

此外，雖然這裡是一片虛無，但並非真的什麼都沒有。

……緹亞忒‧席巴‧伊格納雷歐的頭腦並沒有靈光到能夠詳細理解這方面的原理。不過，她還滿擅長在反覆嘗試後，建立「大概是這樣」的假設，並在決定「就當作是這樣」後思考下一步的行動。畢竟她就是像這樣讓伊格納雷歐和莫烏爾涅聽話，也有做出實際的成績。

根據緹亞忒的假設，這裡大概是那個世界的外側。不過，還是勉強沒有脫離〈最後之獸〉的世界結界。就是那樣微妙的地方。

大概相當於蛋殼底下那層薄皮的上面吧。

或者如果將這個世界比喻成寫在一本書裡的故事，這裡就是目錄。雖說踏出了故事的範圍，但仍未脫離書本。

（……嗯。這樣解釋或許還不錯。）

一旦意識到這裡是目錄，連帶就能了解要怎麼逛這裡。

只要尋找自己想讀的頁面就行了。

只要將意識集中到想知道的地方——就能聽見類似聲音的反應。將視線移向那裡，便能看見像光芒一樣的東西。而那道光的周圍，還會另外出現像星光的光點。

那些光都是被投影到這個世界的記憶。只要跳進裡面，應該就能出現在那個地點。大概是這樣的機制吧。

這樣也能解釋那個少年為何一面說「我會和你們戰鬥」，一面將緹亞忒推進這裡，以及「我等你們」這句話的意思。簡單來講，就是要從這裡前往戰場吧。雖然覺得對方將非常困難的事情講得太簡單了，但總不能要求向自己宣戰的對手必須服務得很周到。

問題在於——

（該去哪裡好呢？）

緹亞忒不知道那個少年的所在地，即使追上去也會立刻被逃掉吧。既然如此，不如趁這個機會與其他人會合。不過這樣該選誰好呢？

緹亞忒在思考的同時，順勢轉了一下頭。

這個動作真的沒什麼特別的意義。在這個只能看見想看事物的場所，如果不抱有明確的意圖就找不到任何東西。明明應該是這樣才對。

（…………？）

眼前出現了裂縫。

在這個沒有牆壁或天花板的地方，眼前的空間出現了細微的黑色裂縫。緹亞忒對這種裂縫有印象。那是不知從何時開始，出現在〈最後之獸〉的世界結界天空上的裂縫。

原來如此，從這裡可以近距離看到那道裂縫呢。

緹亞忒靠近裂縫並試著觸摸，感覺那裡摸起來像金屬一樣硬。雖然假若能直接擴大裂縫，或是自由進出裂縫，應該就能擬定不少對策，但看來只能放棄了。

「真沒辦法……」

在緹亞忒轉向剛才看到的那些光芒時——

「……咦？」

她覺得自己好像看見了什麼。

黑色的霧氣。

不對，並非如此。即便輪廓非常模糊，但那一定是黑影。

某個位於極遠方的存在，透過這道裂縫將自己的影子投影到這裡。這麼想著便仔細一看，她覺得那個影子……看起來似乎有點像人影。

雖然連對方的性別、年齡和身高都無法確認，但總之感覺是人影。而且——

「好像……在說什麼？」

隱約能聽見像在說話的聲音。應該說，好像能感覺到是那樣。

（……不行，搞不懂。）

即使側耳傾聽，也無法聽見連聲音都不是的東西。就算有集中精神便能感覺到什麼的超能力或第六感，在靜不下心方面頗受肯定的緹亞忒·席巴·伊格納雷歐也絕對辦不到。

「如果有話想說，就好好說啊。」

她試著小聲抱怨。這當然是在強人所難，連說這句話都是在白費力氣。反正既然聽不見對方的聲音，這邊的聲音應該也傳不過去。

（——外面——破壞，船——？）

就只有一點點。感覺好像能聽到一點有印象的詞彙，又好像聽不到。真是令人煩躁。

雖然是在強求沒有的東西，但要是這裡有語言理解的護符（Talisman），應該就能聽到完整的訊息了。緹亞忒甚至開始想著這種事。

（……啊。）

聽不見聲音了。

同時也看不見人影了。

大概是位於遠方的某人放棄繼續對這個世界呼喊了。居然這樣半途而廢。明明這邊都還沒搞懂任何事情。外面怎麼了？該破壞什麼？船又怎麼了？

「唉……真是的。」

現在的狀況原本就不允許緹亞忒和這種莫名其妙的事情扯上關係。她們妖精兵們正努力破壞世界，並被身為世界核心的少年確切地認定為**敵人**，還收到了宣戰布告。現在應該最優先思考的事情是這個，沒有多餘的時間和心力花在這種莫名其妙的事情上。

但為什麼會這麼在意呢？

（嗯……）

緹亞忒因為像這樣陷入沉思，而疏於注意周圍的狀況。

「咿！」

突然有人從背後將手放在她的肩膀上。

緹亞忒發出慘叫，在心裡斥責徹底大意的自己，同時從腰部扭轉身體，一邊俐落地揮動左手肘，一邊用右手握住伊格納雷歐，並在瞬間完成這一連串動作後轉向背後的人。

能不能再見一面？

6. 和平之劍

一把劍——

擋下了強勁的長槍。

那是原本不可能發生的景象。

就像用棉絮抵擋暴風一樣。面對這種擁有壓倒性威力的攻擊，即使因為擁有非比尋常的硬度而免於遭破壞，也難免會被打飛。就算能靠卓越的武術技巧將衝擊導向地面，大地也會因為無法承受而裂開。

所以——這是不可能發生的。無論身為地神之一的翠釘侯現在狀況有多虛弱，一介妖精都不可能文風不動地接下他的攻擊。

「妳是……阿爾蜜塔吧？」

優蒂亞趴在地上，茫然地問道。

之所以問得這麼不確定，是因為那道背影實在太不像她了。雖然無論身高、體型或頭髮——頭髮稍微長了一點——都是優蒂亞認識的阿爾蜜塔，但其他地方都變了。儘管看得見的地方沒什麼變，但看不見的地方產生了劇烈的變化。

例如魔力。當生者放棄自己的生命到極限，讓活著的概念變稀薄後，才總算獲得的旁門左道的力量。即使這對妖精來說是再熟悉不過的力量，但還是有限度。更何況阿爾蜜塔從小幾乎沒接受過使用魔力戰鬥的訓練。

魔力熊熊燃燒，在阿爾蜜塔體內激烈地流動。

明明一直想見的對象總算出現在眼前，但這股過於強烈的不協調感和不安，讓優蒂亞無法感到開心。

「對不起，優蒂亞，稍微離我遠一點！」

而阿爾蜜塔本人，激動地背對著她大喊。

翠釘侯收回長槍，準備再次刺出。

這次的攻擊比剛才更加強勁犀利。然而阿爾蜜塔再次正面接下了這記別說做出反應，連眼睛都跟不上的一擊。伴隨著一道宛如爆炸般的金屬碰撞聲，無法抵銷的衝擊在周圍的地面留下無數道裂痕。

「該不會，是帕捷姆？」

大賢者驚訝地大喊。優蒂亞茫然地看向聲音的方向——一名披著髒兮兮白色披風的少年，正拖著腳步走向這裡。

她將視線移向阿爾蜜塔手中的遺跡兵器。

從構成劍身的護符縫隙中，溢出宛如火焰般的光芒。光從感受到的壓力，就能明白遺跡兵器正在增幅使用者催發的魔力。

「原來如此……這樣或許能看見一絲希望。」

大賢者才剛低聲說完，就立刻收到「說明一下！」的要求。

少年短暫瞄了優蒂亞一眼並說道：

「……帕捷姆這把劍是戰場的希望。能夠在絕望的戰況中呼應求救者的內心，發揮出力量。」

「意思是很強嗎？」

「是啊。那個異稟的本質，是希望的體現。將使用者的性質——以不可逆的方式重塑成戰場的希望。類似以人工的方式創造出正規勇者（Legal Brave）。其戰力絕對是掛保證的。」

那把劍存在的時代，是正在大鬧的翠釘侯見證人類的滅亡，而且所有人族都恐懼著他的時代。許多人族在懷抱這份恐懼的情況下死去。

換句話說，與這個翠釘侯對峙，等於是背負著幾乎所有人類的祈願吧——大賢者如此解釋眼前的現象。只有這樣，才能解釋那些違反物理法則的現象，以及足以和真正的正規勇者匹敵的力量。

在失去許多事物，用盡所有方法對抗後，才能動用的最終手段。換句話說，就是必須要失去得夠多，才能發揮的力量。沒想到帕捷姆這把劍最大的弱點，居然會以這種形式被補足。

翠釘侯將長槍往後拉——

即使他現在理應失去判斷能力，還是做出了繼續這樣慢慢攻擊也不會有結果的結論。他增加了攻擊的頻率。面對如驟雨般逼近的死亡，全都被阿爾蜜塔確實地招架住了。

她在防禦的同時緩緩前進。

為了在這個勢均力敵的狀況下，發動攻勢。

「那阿爾蜜塔現在非常強嗎？」

即使親眼目睹，優蒂亞還是覺得難以置信，她繼續低聲問道。

「那當然。雖然用的方法和瑟尼歐里斯不同，但現在的她確實是一把能夠對眾神造成傷害的利劍。」

「……**現在的她**？不是那把劍嗎？」

「沒錯。我說過了。劍沒有意志。但人們期盼的救濟，必須透過擁有意志的使用者來執行。所以帕捷姆會將使用者重塑成戰場的希望——」

優蒂亞沒有聽到最後。

她勉強驅使重傷的四肢起身。

†

——哇啊。

阿爾蜜塔感覺自己像沉浸在夢境當中。

五感和反射神經被加速到前所未有的程度。

對時間的感覺變得異常。

彷彿世界上的一切都變得緩慢。

她的思考和手腳的動作跟不上這股加速。

或許是因為這樣，她覺得眼前的一切都缺乏現實感。宛如在泥沼中掙扎般的無力感，緊緊纏繞在四肢上。

——我到底，有沒有幫到大家的忙呢？

阿爾蜜塔在模糊的意識中思考著。

應該有吧。眼前的敵人十分強大。遠比之前戰鬥過的龍強大，連可蓉學姊都無法與其抗衡。

而自己正在和那樣的敵人戰鬥。

現在的自己有好好成為戰力。

那無疑……是自己過去期望的事情。

所以，這樣就好。

應該是這樣沒錯。

——要像學姊們一樣……為了大家。

阿爾蜜塔沒有親眼目睹過妖精學姊們的戰鬥，一切都只能靠想像。

所以，她無法判斷現在的自己是否有稍微接近那些嚮往的背影。

所以，她只能許願。

希望自己也能成為足以守護某人，能夠為了守護某人而戰「不行！」的人。

帕捷姆正確地感應到她的願望。它不帶任何惡意或扭曲，只是忠實地發揮自己所有的性能實現這個願望。

…………唔？

翠釘侯刺出的無數槍擊，被無數的劍擊架開。

即使他刺出比無數還多一次的槍擊，自己也會再用一樣多的劍擊擋下。

兩次、三次、四次。加速不斷持續。

阿爾蜜塔覺得還不夠。

這樣下去會被壓制。需要更多的力量。

帕捷姆感應到她的願望。

即使不發出聲音或表示意思，它也能將一個事實傳達給阿爾蜜塔。如果真心想要力量，如果不會「不行！」後悔，我就給妳力量吧。我會讓妳擁有強大的力量。就像殺死赤銅龍的古代英雄、殺害紫眼鬼的傳說勇者(Brave)，或是殺死星神的最後一名勇者那樣。讓我把妳改變成英雄，改變成足以使用英雄之力的主人吧。

——謝謝你，帕捷姆。

感覺好開心。

阿爾蜜塔·賽蕾·帕捷姆只是個微不足道的小姑娘。光靠自己的力量根本無法與任何人戰鬥，也幫不上任何人的忙。她一點都不覺得這樣的自己有什麼好惋惜的。比起珍惜自己，還是能幫到其他人的可能性重要多了。

所以，她毫不猶豫地接受這個提議——

†

「不行！阿爾蜜塔！」

優蒂亞起身喊道。

「喂……笨蛋，快趴下，會被波及喔！」

「那種事一點都不重要！必須阻止她才行！」

儘管長槍本身被阿爾蜜塔擋下，衝擊的餘波仍持續破壞周遭。即使不考慮這些，迎面吹來的風也十分強勁。如果想繼續前進，甚至會踏入翠釘侯長槍的攻擊範圍。

「又不一定會死！只要繼續下去，那個女孩不需要開門，就能獲得足以壓制翠釘侯的力量！」

「我才不管那麼多！被重塑過的阿爾蜜塔，還是原本的阿爾蜜塔嗎？」

板起臉承受強風的大賢者，瞬間啞口無言。

優蒂亞接二連三地說道：

「剛才大術術爺爺是說會『以不可逆的方式重塑成戰場的希望』吧！在這個世界變成戰場的希望後，阿爾蜜塔還會是我們認識的阿爾蜜塔嗎？強大的魔力原本就會消磨妖精的人格吧？就算不會死，你有把握她不會變得再也醒不來嗎！」

大賢者思考了一下。

變成那樣的風險恐怕很小。帕捷姆是對主人進行根本的改造，使其能夠承受非比尋常的魔力。很難想像這種預防主人遭破壞的改造，會反過來破壞主人。

但他當然也無法肯定絕對不會。畢竟讓妖精使用聖劍這件事，一開始就偏離了原本的用途。原本的規格只能當成參考。

而更重要的是——

大賢者史旺・坎德爾以前就認識一個守護地上世界的正規勇者。她是個堅強的女性。那個人開朗、亂來、蠻橫、任性又我行我素，不過——就史旺所知——她一直不曾擁有過屬於自己的人生。她將自己的人生全都奉獻給人類這個種族。

類似以人工的方式創造出正規勇者——自己剛才說了這樣的話。

沒錯。成為戰場的希望，背負眾多祈求救贖的心願，就是在為了別人的希望而活。這件事本身等於放棄了自己的人生。即使人格沒有受損，或許還是會失去其他東西。

優蒂亞・艾特・普羅迪托爾——這個使用聖劍普羅迪托爾的妖精兵，絕對無法接受這種結局。

——抱歉了，大賢者。

——我好像已經無法再為了很久以後的世界而戰。

他想起相隔五百年再會時，最強的準勇者（Quasi Brave）說過的話。

普羅迪托爾原本的主人。不論是以前或現在，那個男人都守護著最強的世界守護者。縱使過了五百年，他還是沒有改變這樣的生活方式，對史旺來說，他就是這樣一個難以理解、耀眼、不負責任又自由的人，即使對他產生憧憬，也絕對無法仿效。

「阿爾蜜塔是我的。」

優蒂亞拖著殘破不堪的四肢，靠著毅力站在逆風中。即使差點被風吹倒，她還是勉強撐住。

「阿爾蜜塔魯莽的願望，早就被我預約並獨占了。不管是世界還是人類，都別想跟我搶。阿爾蜜塔身邊是只屬於我的特等席！」

她拚命地說著亂七八糟的話。

大賢者看見了——她手中的普羅迪托爾微微地發著光。

「——真是的。看來這不是在開玩笑呢。」

大賢者一臉不悅地低喃。

這時候應該喝斥她「別鬧了」吧。讓這個女孩閉嘴，把眼前的戰鬥交給帕捷姆的使用者。這才是最佳手段，也是背負懸浮大陸群者必須毫不猶豫選擇的道路。

即使重新體認到這點——

「真希望偶爾也能體諒一下我這個被迫奉陪的人啊。」

他還是露出笑容，低聲說道。

†

那道「不行！」的吶喊——

也傳達給了阿爾蜜塔。

（……優蒂亞？）

朦朧的意識稍微恢復了一點。

原本協調到像在夢境裡活動的身體、感覺和精神，稍微失去了平衡。

這原本應該是可以直接忽視的微小偏差，但在和翠釘侯的戰鬥中，已經足以構成致命的破綻。

在一百下刺擊中，有九十九下被帕捷姆彈開。

但最後的一下已經無力招架。阿爾蜜塔將身體往後倒，勉強躲過了逼近自己的攻擊。風淺淺劃開軍服的胸襟。即使失去平衡，她仍揮動帕捷姆進行反擊。劍身深深陷入相當於翠釘侯手臂的部位，但是，勉強在失去平衡的狀態下發動攻擊，讓阿爾蜜塔變得更難恢復姿勢。

這下不妙了。

這樣無論如何都躲不掉下一擊。

（啊……）

翠釘侯沒有放過這個好機會，開始扭轉身體。

他想在使出一百下刺擊後，再多補一記橫掃。

不過這樣會強硬破壞使出連擊後的姿勢，再加上他的手臂才剛被劃傷。與之前的連擊相比，這次的攻擊無論速度或精密度都不怎麼樣。但現在的阿爾蜜塔連那不怎麼樣的攻擊都來不及反應。

一切都發生在一瞬之間，這時間甚至不夠讓人做好覺悟。連想害怕得縮起身子或閉上眼睛都來不及。

一陣衝擊襲來——

阿爾蜜塔無法理解自己的身體發生了什麼事情。

因為無法閃躲也無法防禦，所以被衝擊打飛後彈了好幾下摔在地上，到這裡為止她都還能明白。

不過，這樣無法解釋幾件事情。其中最重要的一件事，就是自己似乎還活著。

她躺在地上仰望著充滿裂縫的天空，眨了幾下眼睛。

「好痛，痛痛痛……」

旁邊傳來非常熟悉的聲音。

「優蒂亞？」

她跳了起來。兩人之間已經不只是極近距離了。剛才被壓在阿爾蜜塔底下，並滿身是血的優蒂亞．艾特．普羅迪托爾翻了個身。

「優蒂亞！為什麼？」

「沒有啦，哈哈哈，雖然我本來想學阿爾蜜塔靠魔力站穩腳步，但還是做不到。光是接住妳就變成這樣，真是不容易呢。」

阿爾蜜塔想問的根本不是這種事。

「普羅迪托爾……喔，沒事呢。話說你真的很堅固呢。堅固到這種程度，反而讓人有點不爽呢。」

阿爾蜜塔想問的也不是這種事。

「為什麼……」

她擠出類似哽咽的聲音。

「為什麼要阻止我！我剛才好不容易就要辦到了！」

以接近遷怒的心情大喊：

「變得像學姊們那樣！能夠好好戰鬥！」

「真的是那樣嗎？」

「……咦？」

阿爾蜜塔因為無法理解這個問題的意思而語塞。

「阿爾蜜塔憧憬的學姊們，真的是像那樣戰鬥嗎？」

她總算聽懂了，但還是不曉得該如何回答。

她什麼都沒辦法說，也無法反駁，就這樣過了一段時間。

「我說啊，阿爾蜜塔。」

「……嗯。」

「來做飯吧。」

「……嗯？」

優蒂亞這傢伙到底在說什麼？

「我想起自己肚子超極餓。這份飢渴只能靠阿爾蜜塔特餐吃到飽填補。」

「那是……什麼？」

阿爾蜜塔甚至忘了現在的狀況，認真地詢問。

「具體的內容就交給妳啦。做什麼都好，用只有阿爾蜜塔做得出來的特餐，來滿足我的舌頭吧。拜託妳啦。」

呃……那個，到底是什麼？現在到底在說什麼？

不對，雖然明白是在說什麼，但為什麼要在這時候說？現在明明情況非常危及，這傢伙真的了解狀況嗎？

「嗯……唔。」

優蒂亞一臉痛苦地站起身。

阿爾蜜塔總算注意到。自己並沒有看錯，優蒂亞確實全身都是血。事實上，她根本是遍體鱗傷。明明傷勢重到無法正常行動，她剛才仍為了保護阿爾蜜塔讓自己受更多的傷。

然而——

「約好囉。」

優蒂亞臉上冒著冷汗笑道。

她笑著舉起遺跡兵器普羅迪托爾。

為什麼？為什麼？為什麼？

完全不管阿爾蜜塔心裡不斷增加的煩惱。

7. 反叛者之劍

第一次見到時，優蒂亞只覺得這把劍的外表很糟糕。即使多少有點不平衡，大部分的遺跡兵器外形，整體來說還是偏向工整。唯獨普羅迪托爾看起來就像將許多金屬片聚集在一起，直接固定起來一樣。

在聽過它的來歷後，她只覺得這把劍的性能很糟糕。雖然大部分的遺跡兵器都有自己的個性，不過也具備最低限度的性能。只要在催發魔力的主人手裡，就能與其共鳴，並在增幅那股力量後，讓自己也帶有那股力量。異稟不過是這項能力的延伸。但這把普羅迪托爾連這個最低限度的工作都不肯做。

——嗯，果然是這樣啊。

優蒂亞獨自做出了結論。

她聽威廉說這是把不會好好工作，也不會乖乖聽話的劍，而她在親自嘗試過後便明白了。同時也理解為什麼這把劍會被命名為反叛者（普羅迪托爾）。

在這個前提下——她想到了一件事。

普羅迪托爾大概是——

（「只要主人有一點不情願，就不會幫忙」的武器。）

她在心裡確認了這個假設。

優蒂亞手裡的普羅迪托爾，劍身上的紋路出現許多裂縫。護符之間的縫隙稍微擴大，隱隱洩漏出底下的光芒。

遺跡兵器普羅迪托爾完美地啟動了。

（威廉大概並不是自願參與戰鬥。）

聽說他基本上是為了守護而戰。這些戰鬥本質上都是被動的。因為如果不戰鬥就會失去重要的事物，所以戰鬥；因為不得不戰鬥，所以戰鬥；既然無法選擇捨棄，便也無法選擇不戰鬥。無論再怎麼痛苦，都只能朝眼前那條唯一的路邁進。

這並不代表使用者接受了這個事實。因為並非自己主動選擇了戰場和敵人，即使戰勝也無法獲得自己想要的戰利品。然而即便如此，他還是強迫自己接受了無法完全接受的事情，持續努力。

（普羅迪托爾感應到威廉的心境。）

普羅迪托爾大概是把正常的劍。它忠實地侍奉主人，支持主人戰鬥。只是那份忠誠心都發揮在非常特殊的地方而已。

它只會在主人衷心期盼戰鬥時幫忙。

——這把劍有不得不這麼做的理由。

（我不會守護其他事物。）

全身都好痛。

在剛才被打得慘兮兮後，傷口當然沒有變少或痊癒。斷掉的骨頭仍是斷的，被劃開的傷口也沒恢復，流血的地方仍繼續流個不停，每一樣的數量都是有增無減。

即使如此，她還是讓身體動起來。

（我不在乎世界會變得怎樣。我只會任性地為了自己想要的東西而戰。）

或許是因為越瀕臨死亡，越能催發出強大的魔力。聽說強大的魔力能強迫已經損壞的身體繼續行動。不過，一定不只是這樣。

普羅迪托爾真正的異稟大概是「僅限於在真正認真想贏的戰鬥中，能夠確實戰鬥到最後」。先不管戰鬥完會變得怎樣，總之先不留遺憾地使出全心全力大戰一場。那股力量能暫時連結肌肉和骨骼並幫忙止血。

所以，威廉．克梅修在地上戰鬥時才很少用到這把劍。他可能基本上都是為了能回去某個地方而戰。

不過，在優蒂亞．艾特．普羅迪托爾的這場戰鬥——大概是第一場也是最後一場的認真決戰中，沒有比這把劍更可貴的搭檔了。

†

翠釘侯的手臂上有道很深的傷口。

那是帕捷姆剛才留下的傷。而這替至今都是一面倒的戰況帶來了很大的變化。翠釘侯的動作明顯變得比剛才遲鈍。

翠釘侯原本就是將地神的肉體（雖然不曉得這樣講正不正確，但總之是那個身體）發揮到極限，才能夠在戰鬥時做出那些誇張的動作。他可以精準地看穿肌肉纖維與關節的限度，持續發揮出逼近極限的力量。他的強悍就是建立在這種掌控自己狀態的能力上，這點即使在他淪為失去自我只會大鬧的存在後，依然沒有改變。

翠釘侯本身的強悍並未因此消失，但既然他是強在能持續發揮出逼近極限的力量，只要降低那個極限自然就能削弱他的實力。畢竟他總不能在負傷狀態下，強制做出那些即使是普通狀態的肌肉纖維，也可能會扯斷的動作。

「阿爾蜜塔！」

「嗯、嗯！」

兩人並肩迎戰對手。

阿爾蜜塔已經無法再像剛才那樣做出超人般的動作。雖然帕捷姆仍在強化她的力量，但接受這股力量的阿爾蜜塔已經清醒了。

為了成為無敵的聖人，模仿正規勇者的救濟者必須以不惜澈底改寫自己人生的心態去挑戰敵人。剛才的阿爾蜜塔已經做好了那樣的準備，但現在的阿爾蜜塔已經辦不到了。

因為身旁有個危險的優蒂亞在。只要稍微移開視線，她馬上就會開始做些惹妮戈蘭和耶露可艾克拉生氣的惡作劇。所以自己必須待在她的身邊。以前是如此，以後也是如此。

這就是妖精少女阿爾蜜塔的人生。她不會讓作為人類救濟者的人生，去覆蓋自己過去一點一滴累積的生活。

「唔……」

單純從戰力下降的角度來看，阿爾蜜塔這邊遠比翠釘侯嚴重多了。不過，優蒂亞和普羅迪托爾勉強填補了這段差距。

優蒂亞的動作不論速度或精密度都尚未達到兩人的水準，但至少能在他們互相抗衡時見縫插針。所以翠釘侯必須持續壓制對手，不能讓戰況變成五五波。這個限制澈底抵銷了他原本的優勢。

雙方幾度交鋒。

本來應該背負著人類未來的和平之劍，以及只為了主人自私的願望發揮實力的反叛者之劍，不斷揮向地神。

所有人的傷口一點一點地持續增加。

而其中傷勢最重的，是沒有直接參與戰鬥的大賢者。他用依然傷痕累累的雙手，在兩名少女周圍張開最小限度的障壁。那些障壁的強度當然不足以正面抵擋翠釘侯的長槍，但能夠藉由主動粉碎來轉移長槍的威力，分散餘波，將兩人受到的傷害壓抑在最低限度。

「喔？」

優蒂亞腳邊的地面，因為無法承受激烈的動作而崩塌。

她無法站穩腳步，身體大幅失去平衡。等本人察覺不妙時，翠釘侯當然展開了行動，他用長槍牽制阿爾蜜塔，同時讓身體衝向優蒂亞。這並非什麼招式，只是打算用巨大的身體壓扁對手。質量的暴力非常單純，所以也難以抵擋。

阿爾蜜塔已經準備發出慘叫，優蒂亞則是用力抿緊嘴唇，兩人各自想要盡可能阻止翠釘侯的行動——

「別想得逞！」

（咦？）

某人靜靜地降臨到優蒂亞身邊。

下一個瞬間，周圍響起了激烈的金屬碰撞聲。

闖入這場戰鬥的某人架開了翠釘侯的攻擊，讓後者警戒地以不符合龐大身軀的敏捷動作跳向後方。巨大的質量光是高速移動，就足以擾亂空氣的流動。阿爾蜜塔和優蒂亞的頭髮與制服衣襬誇張地晃動。

「咦……」

兩人都不曉得發生了什麼事。她們困惑地僵住，就在優蒂亞差點跌坐在地上時——某人撐住了她的肩膀。

「咦、咦？」

根本不需要抬起頭。

「呼，真是好險。看來我有趕上呢。」

從背後傳來的，是兩人都非常熟悉的聲音。

「潘麗寶學姊？」

「嗯，總之我先到了。妳們兩個沒事吧？」

「是、是的！」

阿爾蜜塔沒有回頭，直接開口回應。

「……坦白講我已經快撐不住了，接下來可以交給學姊處理，讓我好好休息嗎？」

「不行喔。」

優蒂亞沮喪地說著：「果然不行啊。」並重新舉起武器。

「別這麼沮喪。雖然危機尚未解除，但我們還有希望。」

「感覺妳這話沒什麼根據呢。」

「沒這回事。應該差不多快了……」

說著說著，潘麗寶突然望向遠方——

「看吧，才剛說完就出現了。真是會挑時機呢。」

不需要特別問她在說什麼。不知不覺間，一個熟悉的身影已出現在翠釘侯的旁邊——相當於他死角的位置。

那個身影無聲無息，動作不知為何讓人覺得像在跳舞。手和腳的動作非常不自然，如果不是現在這種狀況，甚至會讓人覺得很詭異。

「那是……」

或許想到了什麼，阿爾蜜塔倒抽了一口氣。翠釘侯從她的反應獲得了提示，察覺有敵人從自己的死角靠近。他扭轉身體後，看見了那個敵人——可蓉·琳·布爾加特里歐的身影。

「哎呀。」

潘麗寶·諾可·卡黛娜動了起來。

她放開原本用來撐住優蒂亞的雙手，以宛如在地上爬行般的低姿勢衝了出去。潘麗寶衝進翠釘侯轉身後產生的新死角，將劍（卡黛娜）的刀身直直刺進帕捷姆造成的傷口。

地神不是生物。但既然擁有模仿生物的身體，動作就會受到其構造限制。在反射方面也一樣，傷口被人狠狠攪動的翠釘侯瞬間往後仰，無法做出其他動作。

「喝啊！」

在那瞬間，可蓉趁機朝翠釘侯的側腹揮出一拳。

拳頭的威力原本會大幅受到體重和肌肉的影響。此外，基於「只用身體的一部分進行攻擊」這個難以動搖的前提，以極高威力擊出的拳頭，也會對自己造成相同威力的傷害。就算有透過魔力增強，苗條的可蓉使出的攻擊，其威力也絕對會受到身材的限制。照理說應該是這樣。

但人族以前透過技術克服了這項極限……優蒂亞也曾聽過這樣的傳說。

宛如巨岩在墜入谷底後粉碎般。翠釘侯的下腹部響起誇張的巨響。

龐大的身軀也應聲倒下。他的側腹像被攻城武器打中般，出現一個大大的凹痕。

（那是……怎麼回事？）

優蒂亞跌坐在地上，張口結舌。

「唔哇……」

阿爾蜜塔甚至忘了舉起劍，發出感慨萬千的聲音。

她早就知道學姊們很強，但沒想到強得如此異常。在剛才那場翠釘侯和阿爾蜜塔的戰鬥中，雙方的速度都已經達到神明的領域，優蒂亞擅自認定學姊們無法達到那個境界。

這樣的想法某方面來說是對的，但同時也搞錯了一件很重要的事情。

問題不在於速度，也不在於臂力，更不在於精湛的技巧。在這些方面，妖精學姊們應該都比不上接受帕捷姆力量時的阿爾蜜塔吧。但這無法構成否定她們強悍的理由。不跟速度比自己快的對手比速度，不跟臂力比自己強的對手比臂力，總是將戰鬥導向自己擅長的領域。這兩人都擁有豐富的知識與經驗，能夠臨機應變地做到這點。

翠釘侯張開雙手，發出接近咆哮的吼聲。

雖然不曉得那是對強者的讚美，還是因受傷所產生的憤怒。總之，翠釘侯這一瞬間的注意力，都集中在兩名妖精兵身上。

「已經布好局了嗎？」

潘麗寶問道。

「雖然不是由我動手。」

可蓉回答。

沒有人詢問這段對話的意義。因為沒有那個必要。

——一道光線。

筆直地從天而降。

低階的遺跡兵器伊格納雷歐，其異稟只有「變得不顯眼」而已。無論從能力或伊格納雷歐本身的性能來看，都無法在戰場上華麗地大顯身手。

所以，那把劍的主人早已放棄像憧憬的學姊那樣在戰場上大放異彩。

僅專注在自己辦得到的事情，以及自己該做的事情上。即使無法因此找到什麼，還是持續專注著。

之後獲得的其中一個結果，就是英雄這個令人難為情的稱號。

而另一個結果——

†

（喝啊啊啊啊啊啊！）

緹亞忒將這道勇猛的吶喊藏在心裡，飛奔而出。

從天空往地面。

她利用自由落體和幻翼，將速度提升到極限。

需滿足的條件，是讓目標完全停留在原地。此外，還要讓目標無法閃躲我方的攻擊。

換句話說，就是讓目標在地上靜止不動。

她一點都不擔心。因為這個工作已經交給先降落地面的可蓉．琳．布爾加特里歐了。

所以，緹亞忒只需要專注地完成自己的工作。

目標就在底下。

從宛如巨岩般的翠釘侯頭上，朝他的頭部……

筆直地……

連同身體一起砍下去——

（——就是現在！）

幻翼和真正的鳥類或其他有翼諸族擁有的翅膀，從根本上就不同。並不是透過拍擊空氣產生飛翔的力量，而是透過魔力產生的作用讓人擺脫大地的束縛，翅膀的幻象只是用來證明這點而已。換句話說，展開幻翼的妖精在飛翔的期間，能夠直接抵抗重力和慣性。

只要應用這項事實，就能做到這種事。亦即——

（去吧——！）

劍尖碰到了翠釘侯的頭部。

緹亞忒在那個瞬間放開劍柄。

與此同時，緹亞忒強硬地將原本往下墜落的力道轉為橫向。控制全身的慣性並不是件容易的事情，即使全身「嘎吱嘎吱」地發出可怕的聲音，她還是勉強成功了。

只有劍被留在原地。

維持啟動狀態的遺跡兵器，在那之前達到了如同砲彈般的速度，並伴隨著這股速度和威力——直接刺進了翠釘侯的頭部。

咆哮停止了。

然後，翠釘侯巨大的身軀緩緩倒下。

8. 古老的生命逝去，然後——

「好了。大家沒事吧？」

緹亞忒轉身環視戰場。

每個人的臉都沒什麼改變。不對，應該說雖然沒什麼變，卻讓人感到有點懷念。明明從自己的角度來看，應該沒有和同伴們失散很久。

「好像，不能算沒事……」

優蒂亞虛弱地回應。實際上，從客觀來看，她確實明顯遍體鱗傷。

「啊啊啊，優蒂亞，妳別動，我馬上替妳治療。」

阿爾蜜塔非常慌張地從包包裡拿出急救包，衝向優蒂亞。

「我的手超痛的。」

可蓉眼眶含淚地按著手腕。

「畢竟妳用那種威力毆打堅硬的敵人，這樣當然會痛呢。」

潘麗寶一副事不關己的樣子，愣愣地說道。感覺很少看到她站在傻眼那一方的立場。

「看來大部分的人都沒有大礙……」

緹亞忒用力吐了口氣。

至少解決了一件擔心已久的事情。光是這樣就讓人感到很安心。

「──事情還沒結束喔。」

從不遠處傳來一道有些沙啞的聲音。

一名少年披著沾滿鮮血和泥巴的白披風，拖著腳步靠近。

「極星術術師？」

「哼……算了，隨妳怎麼叫吧。」

少年哼了一聲後，直接靠近翠釘侯。

地神停止動彈後，看起來就像塊普通的岩石。依然插在上面的伊格納雷歐，讓這個景象顯得有些滑稽。

翠釘侯動也不動。因為他的身體已經被破壞到無法動彈。

但這並不代表他已經死了。這位地神還活著。

「……咦？這是翠釘侯大人？是這樣嗎？」

「明明都用力刺了他一劍，事到如今還說這種話？」

被戳到痛處的緹亞忒瞬間語塞。

「呃，等一下。我是被一個男孩子宣戰，等找到大家後，發現大家在和一個看起來很厲害的傢伙戰鬥，因為覺得那應該是那孩子的代表，所以才……」

「看來妳還滿清楚狀況的嘛。實際上大致就是這樣沒錯。」

「……這樣反而讓我更搞不懂……」

「**我們必須殺了這傢伙**。」

少年開始拖著腳步繞著翠釘侯走。看在旁人眼裡他的步伐十分奇妙。他不僅沒有維持一定的速度，偶爾還摻雜奇妙的動作，例如晃動雙腳，往回走幾步後原地轉一圈等等。

妖精們都默默地看著他的舉動。

或是在等待他再次開口。

「妳們那個由菈恩托露可擬定的作戰，已經沒辦法再繼續執行了。即使將老夫、地神、艾陸可和該亞都帶離這個世界，也無法讓〈最後之獸〉失去力量。因為這個世界已經誕下自己的核心。」

「……如果是這樣，最後的結論是只能殺掉他了。」

潘麗寶以莫名平靜的語氣插嘴。

「這條路也不行。那個小鬼等於是受到這個世界的守護。不僅難以對他造成傷害，他還能隨時逃到想去的地方。」

「意思是我們完全對他束手無策嗎？」

「雖然不到完全的程度，但這麼做並不現實。而且，假設我們勉強擊敗那個小鬼，誰能保證這個世界不會再生出一個替代品？」

「……的確，是這樣沒錯。」

潘麗寶意外坦率地表示贊同。

「這樣不就無計可施了？不能大家一起出去，也不能破壞那個核心。這樣到底該怎麼——啊痛痛痛！阿爾蜜塔拜託妳溫柔一點！」

「就跟妳說不能動了嘛。」

阿爾蜜塔連忙按住開始掙扎的優蒂亞。

「還是有解決的辦法。就是那個。」

緹亞忒順著少年的視線看向天空。

晴朗無雲的藍天。光看這個也想不出什麼好主意。只有一樣東西可能符合少年所說的

「那個」。

「裂縫……？」

「雖然不知道是誰幹的，但有人在這個世界奪走了古老的生命吧？大概是綠玉龍（Chrysoprase Dragon）或尾追蛇（Tail Eater）之類的吧。」

「啊，那是阿爾蜜塔做的。好像是叫靜寂龍（Silence Dragon），是個眼睛很多的傢伙。」

「唔哇？」

突然被喊到名字，讓阿爾蜜塔嚇得跳了起來。

「不不不是我啦，在我差點被打倒的時候，救了我並給那頭龍最後一擊的都是可蓉學姊吧？」

「我只是碰巧把最後的好處占走了。是阿爾蜜塔先削弱了那頭龍的力量喔。」

「呃……才不是那樣……」

阿爾蜜塔喃喃自語地想再說些什麼，但最後還是陷入沉默。

「妳們真是亂來。那可是連知名的冒險者們都無法給予最後一擊的超不妙怪物喔。」

「阿爾蜜塔真厲害。」

阿爾蜜塔不斷搖頭否定。這個震動，讓躺在她腿上的優蒂亞不斷哀嚎。大賢者繼續做出奇妙的動作，同時嘆了口氣——

「這樣事情說起來就簡單了。接下來要繼續**這麼做**。只要讓自古就開始觀測這個世界的古老生命逝去，這個世界的外殼便會逐漸崩壞。這是老夫們目前能採取的最佳手段。」

「咦，不過像龍這類生物不是很難遇到，所以這個作法並不實際嗎……」

「根本不需要找吧，眼前不就有一個？」

大賢者說完後，停下腳步。

他當場輕輕蹬了一下腳跟。大賢者剛剛用腳在地面上畫的圖形，開始伴隨著微弱的光芒浮現出來。那是咒蹟。

「老夫的手指和手臂看起來都不能用了。雖然不太好看，但也無可奈何。」

大賢者像在回憶什麼般，看向翠釘侯。

「能將死亡本身納入詛咒，是專屬於能夠俯瞰死亡的不死者的特權。老夫無法模仿瑟尼歐里斯或尼爾斯．D．佛利拿，所以只能用有些迂迴的方式替代。將『狂暴的邪神就這樣被勇者們漂亮地擊敗』這樣的故事……直接寫在世界上。雖然是只要翠釘侯一開始復活就會立刻遭到破解的拙劣謊言，但只要能撐過這一刻就夠了——」

啪啦——

現場的所有人，都感覺到一股讓人覺得身體被凍結的喪失感。

彷彿周圍的空氣全部消失，身體從內側被壓垮般，無法呼吸、全身麻痺且五感消失。

唯一能清楚聽見的，只有遠方什麼東西破裂的聲音。

「啊……」

某人發出聲音。

每個人都仰望天空。

裂縫。剛才原本還只有一條的黑線增加了。那些線就連現在也正不斷地延伸。

「這就是紅湖伯說的**孵化之日**啊。」

潘麗寶輕聲嘟囔。

「據說結界就像是蛋殼。從外面根本看不見內側世界的真實樣貌。必須打破蛋殼進入內部才能看見——然後總有一天，孵化之日會像這樣來臨——」

這句話還沒說完。

伴隨著一道更大的破碎聲，世界崩壞了。

9. 縱使日薄西山

只要這個世界失去巨大的生命，世界的外殼就會出現裂縫。

當然，翠釘侯並非這個世界的生命——他並非白色人偶模仿的產物，而是來自外側世界的真正地神——但只要把關係反過來便能成立。因為在地表化為屍體的翠釘侯，原本就是讓〈最後之獸〉誕生的搖籃。

蒙特夏因利用這個緣分，賦予了相當於他父親的翠釘侯使命——那就是代表這個世界的最大生命，以及守護這個世界的最終堡壘。

所以，當翠釘侯和外敵戰鬥——

並且被擊斃的時候，世界就會粉碎。

末日來臨。

原本是藍天的地方化為碎片消失。

對面是一片漆黑，以及無數散發微弱光芒的小星星。

曾是大地的地方果然也逐漸粉碎消失。

對面同樣是一片漆黑與繁星。

那個景象宛如夜空。即使總是覺得就在身邊，看起來十分美麗，依然絕對觸摸不到的——遙遠世界的光輝。

「——嗯。」

這樣就好。

蒙特夏因如是想著。

他是這個世界的核心，是見證這個世界一切的存在。他是為此誕生並發揮功能。

這個原本將永遠持續的使命，現在即將結束。

感覺好像很開心。

好像很悲傷。

好像很不甘心。

……又好像很自豪。他現在的心情就是如此不可思議。

他從包包裡取出玩具望遠鏡，試著眺望遠方。

理所當然地，他什麼都看不見。

這個世界裡已經看不見任何事物。而如果想看遙遠世界的光輝，手上這支望遠鏡實在太小了。

蒙特夏因想丟掉這個派不上用場的垃圾——然後——在猶豫了許久後，打消了念頭。

他珍惜地將望遠鏡收進包包裡。

崩壞停止了。

世界還沒澈底崩壞。

雖然細小的碎片宛如沙子般消失，但還有許多較大的碎片殘留。那些碎片之後也會逐漸粉碎，只是過程相當緩慢，不會出現像剛才那樣戲劇性的變化。

「啊啊……原來如此。」

戰鬥還沒結束。

至少那些妖精們的戰鬥還只進行到一半。

為了讓她們回到故鄉，回到妖精倉庫——讓艾陸可回到真正的美麗世界，還必須再失去一條命。

對了。

再去和她們當中的某個人見一次面吧。

雖然不能說完全沒有留戀。

但事到如此，少年也不打算停下來。

蒙特夏因再次於已經粉碎的世界中踏出腳步。

「那個選項提出詢問（下）」

-something truly precious-

1. 世界的外側／對照鏡的空間

「**滴亞忒**？怎麼了嗎？」

有人在叫我的名字——

緹亞忒抬起頭，然後看見一**如往常的早晨**景象。

不算寬廣的房間裡有一張大桌子。剛做好的早餐冒著熱氣。橙髮的少女忍著呵欠將牛奶倒進杯子裡。

一個小孩子從腳邊抬頭看向這裡。

「還想睡嗎？貪睡鬼？」

紅髮妖精可愛地輕輕歪了一下頭。

緹亞忒——十五歲的少女妖精兵試著張開嘴巴回應。

但她立刻閉上嘴巴，搖了搖頭。

少女看向這裡，笑著叫她過去餐桌那裡。

緹亞忒沒有回應，只是轉身背對眼前的景象。

†

「唉…………真難受。」

緹亞忒確認自己的身體已經恢復成二十歲後，用力嘆了口氣。

當然，她很清楚這是〈最後之獸〉展現的幻覺，也不會輕易受騙。儘管不會被騙，但果然還是……必須忍著強烈的心痛掙脫。

世界結界被破壞的〈最後之獸〉正感到痛苦。牠本能地進行垂死掙扎，想繼續維持自己的存在。因此牠放棄龐大的世界，打算針對每一名妖精兵創造出小型世界，並依靠那些世界吧……

緹亞忒重新環視周圍。

幻覺世界的外側，是那個熟悉的場所。四面八方都是空蕩蕩的黑暗，以及必須先發現才能看見的無數微弱光芒。

有個地方和上次造訪的時候不一樣。那就是落腳處。緹亞忒腳底有塊面積和房屋差不多大的白色平面。平坦的表面摸起來像陶瓷碎片又像是珍珠，觸感十分獨特。

「……啊，這是蛋殼吧。」

緹亞忒判斷這應該是原本覆蓋那個世界的結界裂開後的殘骸。之前有人對她說明過，結界就像是蛋殼。當然這是針對功能的描述，不過如果外觀也很接近當然更好，畢竟這樣比較好懂。

緹亞忒抬頭一看——那些散布在空間各處的微弱光芒，似乎都是跟腳底一樣的陶片。那些是已經化為白紙，不再投影任何人記憶的〈最後之獸〉殘骸。

即使如此。即便已經失去了相當於世界本身的結界，既然這個像星空的空間還在，就表示這隻〈獸〉果然還沒死。

〈獸〉原本就沒有死亡的概念，只能靠妖精使用的遺跡兵器直接斬殺。看來這條規則依然有效。

『嗨，緹亞忒。』

緹亞忒這次是真的嚇了一跳，差點被嚇得連心臟都跳出來。

「……我說啊，潘麗寶。我早就跟妳說過不要偷偷出現在別人背後……」
她抱怨著回頭一看。
發現沒有人在。
『我不是在妳後面喔。』
再次聽見聲音後，緹亞忒這次換看向斜上方。
那裡飄浮著一道半透明的影子。影子稀薄到不仔細看就不會發現。如果再看得更仔細一點，就會發現雖然很模糊，但那確實是潘麗寶・諾可・卡黛娜的外形。
『沒錯，就是這邊。』
影子在說話。
「這是什麼花招？」
『誰知道。在這個亂七八糟的空間裡，距離本來就沒什麼意義，妳所在的地方和我所在的地方，或許就是像這樣奇妙地連繫在一起。』
「……妳是不是想說反正不曉得正確答案，就隨口說說？」
『哈哈哈，答對了一半。』
即使外觀非常稀薄，聲音還是能聽得很清楚。

「算了，這是個好機會。我剛好有問題想問妳。」

『嗯，雖然我有預料到，但妳想問什麼？』

緹亞忒稍微思考一下該怎麼說。

「妳應該，已經不打算阻止我了吧？」

『……是啊。』

潘麗寶隔了好一段時間才回答。

『我只是不希望他在一無所知的情況下被消滅。但他在明白一切後自己做出判斷，並選擇了自己想走的路。我已經滿足了。』

「只是結果害大家都吃了不少苦頭呢。」

『嗯，他是個強敵呢。等回去後可以向大家炫耀喔。』

「我說啊……」

緹亞忒本來想把話說得重一點，讓潘麗寶明白這件事不能當成玩笑帶過。但——

『這段過程並非毫無意義。』

潘麗寶搶先以莫名堅定的語氣如此說道：

『我相信這是必要的事情。而且妳應該也抱持相同的意見，即便這也是我自己擅自這麼相信。』

「……潘麗寶。」

這傢伙又在自說自話了。

雖然緹亞忒．席巴．伊格納雷歐這個人，確實有只要別人搬出友情或信賴等字眼就會立刻接納對方意見的傾向，應該說就是會上鉤。她自己也對此有所自覺，但她還是會看時機和場合。

她可沒有單純到在面臨這種左右世界結局的局面時，依然輕易被說服。

「嗯，既然妳都說到這個份上，那就沒辦法了。」

與憤慨的內心相反，緹亞忒的嘴巴擅自說出了這樣的話。

「這都是因為妳把話說到這、個、份、上。」

『嗯。緹亞忒，我最喜歡妳這一點了。』

真是夠了。真是夠了。我可是最討厭自己的這一點了。

緹亞忒心裡湧出一股想搔著頭如此大喊的衝動，但她還是節制地只用力嘆了口氣。

「那麼，妳——」

就在她想繼續說下去時，半透明的潘麗寶突然變得稀薄、晃動、模糊，然後就這樣完全消失了。

「——真是的。」

感覺並非潘麗寶出了什麼事。大概是兩地之間的連繫原本就不穩定，然後因為某些原因中斷了吧。這種狀況就像用快壞掉的通訊晶石通話到一半，連線就斷掉了一樣。

緹亞忒覺得潘麗寶和可蓉應該不需要擔心，不過優蒂亞和小極星術術大賢者都身受重傷。阿爾蜜塔——雖然看起來變得非常可靠，但還是隱約有點不穩定的感覺。

結論就是先找個人會合吧。

下定決心後，緹亞忒看向天空——這樣講好像不太對，總之她先往上看。那裡飄浮著無數陶片，大概所有人都被分散到那些陶片的上面了。既然如此，先邊飛邊找大家吧。雖然不知道這個空間有多寬廣，但先試著找找看也好。

她抱著這樣的想法展開翅膀起飛。

2. 唯一一個聰明的作法

在其他像陶片的白色平面上——

「好了。這樣就能動了吧。」

優蒂亞聽見這句話後，睜開眼睛。

「真的耶。」

她起身後，立刻試著跳了幾下。雖然並非身上的傷口都已經痊癒，但既沒有出血也不會痛。

「別太勉強。我只是對妳全身覆蓋了『沒有受傷』的認識，並沒有真正治好傷口。這只能當作夾板和麻醉的替代品。」

「這樣就夠了。謝謝你，大賢者大人。」

優蒂亞在道謝的同時，轉向身旁的**老人**。

「……話說回來，你的外表不知不覺就變得很有大賢者大人的感覺呢。」
「因為反映老夫記憶的世界崩壞了。現在黑燭公應該也恢復原樣了吧。」
「總覺得有點可惜呢。」
「哼。老夫可是覺得暢快多了。那個樣子，會讓老夫接連想起許多遺憾。」
大賢者低聲說完後，露出嚴肅的表情。
他的外表已經從過去的少年變成高大的老人。不過他並不是直接換了個新身體，所以在虛假世界中受的傷也沒有恢復。
「剛才那個像麻醉的招式，不能對自己用嗎？」
「現在沒辦法。之前施展的咒蹟殘骸還留著。如果隨便疊上一層圖形導致互相干涉，絕對不會有什麼好事。」
「這樣啊。那要我抱著你飛嗎？」
「看來只能這樣了。雖然妳可能會嫌我囉唆，但千萬別勉強啊。在受重傷的狀態下催發魔力會很難控制。」
「被你這麼一說還真的有點可怕呢。」
優蒂亞原本就不太習慣，也不擅長操控魔力。其中她特別不擅長控制幻翼，練習時也經常無力地墜落。不幸中的大幸是，她無法催發出太強的力量，所以不用擔心失控導致大爆炸。總而言之，她自己也不想積極依靠這種力量。

不過，即使如此，以現在的情況來看，最好還是要依賴魔力。

於是她緩緩催發魔力，同時瞄了背上的普羅迪托爾一眼。沒有任何反應。派不上用場的遺跡兵器再次發揮它的本領。在剛才那場戰鬥中感受到的可靠感，就像騙人的一樣。

唉，算了。

實際上，那確實就像騙人的一樣。無法好好操控魔力的妖精兵，和經常被前使用者說「沒用」的遺跡兵器。這對凹凸組合只有碰巧在那一瞬間合拍。

此時——

「話說回來。」

優蒂亞想起一件事。

「讓本人附身在屍體上，是很不妙的事情嗎？」

「為什麼突然這麼問？」

「因為之前在地下迷宮聊到這件事時，你露出了非常不以為然的表情。」

「……確實如此。但為什麼直到現在才問？」

「因為你剛才又露出了相同的表情。」

優蒂亞這句話——

讓大賢者露出大驚失色的表情。

「……死靈術(Necromancy)原本就是一種相當特殊的咒術系統。即使這確實是一門技術，但很容易被當成迷信或超自然現象。實際上，這世界幾乎沒有真的靠死靈術復活的人。」

「是喔。」

因為感覺這個話題會很長，優蒂亞隨口應了一聲。

「在分類上算是改變現實，與老夫和菈恩托露可使用的咒蹟在領域上有所重疊。所以老夫也能夠模仿。無論是讓失去心臟的老夫繼續行動，還是透過束縛姓名的詛咒讓妳們這些妖精得以存在，都是應用了死靈術。」

「這樣啊。」

這麼說來，優蒂亞也有聽說過妖精都是死靈(Ghost)。只是因為一點現實感也沒有，所以她後來就忘了。

「不過這些作法就像一種祕技，因為用的並非純粹的死靈術才得以成立。如果使用真正的死靈術，無法發揮這樣的效果。即使透過死靈術獲得對物質的干涉力，那樣的靈質也不會獲得世界的認同。」

「……嗯？」

出現了讓人聽不太懂的話。

「這就是死靈術無法在世上留下實際案例的原因。直接違反世間常理的事物，原本就無法留存於世。靠那種法術復活的人會被世界否定，然後高速耗損，其存在過不久便會自然消滅。」

消滅。

這個描述也讓人聽不太懂。是指消失不見嗎？如果是這樣，那和死亡應該沒什麼差別吧。是指無法再次復活嗎？不過按照常理，死者原本就無法復活。感覺狀況沒什麼變化。

「但是，那傢伙的身體已經是〈獸〉。即使被世界否定也不會消失。反倒是世界會被他否定，然後開始腐敗吧。在情況發展成那樣前，必須再次討伐他，將他消滅才行。像菈恩托露可那麼聰明的女孩，不可能沒察覺這一點。」

原來如此——

優蒂亞總算明白了。

討伐〈獸〉是妖精的任務。靠死靈術復活的威廉·克梅修是世界的敵人。所以在不久的將來，威廉將再次被妖精殺死——然後遭到消滅。更重要的是，那些當事人都已經接受了這個事實，並在接受這個事實後，刻意選擇了這條路。

而這位老爺爺，對那個事實感到厭惡。

「在各種意義上，現在說這些都太遲了。我也沒打算責備他們的判斷。」

在說這些話的時候，大賢者的聲音裡摻雜著類似憤怒的情緒。

「但這實在不是讓人愉快的事情。」

「這樣啊。」

優蒂亞點頭，同時開始思考。

這樣就能明白這位老人之前在地下迷宮時，為何會表現得那麼不開心。至於剛才露出相同表情的理由——優蒂亞也隱約能夠明白。

大概在這個空間的某處，也發生了相同的事情。這位老人察覺了這件事，所以才感到煩躁。

†

那個世界誕下了核心。

換句話說，那個世界獲得了自己生產核心的功能。既然如此，即使將所有核心都加以剷除，也無法期待那個世界自然消滅。必須以某種形式直接破壞結界本身。

只有一個方法能夠達成目的。

那就是斷絕古老的生命，而且那個生命必須和世界活過相同的時間。

這表示蒙特夏因之所以奪取翠釘侯並派他攻擊妖精兵們，並不單純只是想用自己最強的武器對抗外敵，背後還包含了另一個意義。

†

「……呼。」

先吸氣，然後吐氣。

等冷靜下來後，阿爾蜜塔・賽蕾・帕捷姆重新環視周圍。

自己再次來到了這個宛如星海般的空間。上次是因為感覺聽見了優蒂亞的聲音，才全力飛向那裡並逃出這個空間。不過，這次即使集中精神傾聽，也聽不見類似的聲音。

四面八方的景色都一樣，不曉得周圍有什麼東西。雖然是個讓人束手無策的狀況，但也不能什麼都不做。作為和學姊們一樣的妖精兵——不對，作為一個追逐學姊們背影的妖精，自己現在有一件該做的事情。

「你好。」

阿爾蜜塔舉起帕捷姆，朝眼前的人物搭話。

「呃……是的，妳好。」

對方像有些困惑般，回答得有點猶豫。

那個白髮的人物——對阿爾蜜塔表示「自己是〈最後之獸〉的核心」的少年，坦率地回應她的招呼。

「呃，首先要恭喜你們，戰勝了地神大人。」

「……謝謝。」

阿爾蜜塔有點猶豫該如何回應對方的祝賀。

「我帶了賀禮過來。是你們現在最需要的東西。」

少年往前踏出一步。

阿爾蜜塔自然地跟著後退了半步。

「是什麼東西？」

「〈最後之獸〉作為世界結界的本體已經被破壞了。然而，〈獸〉原本就沒有死亡的概念。如果真的想殺死〈最後之獸〉，在破壞完本體後，還必須奪取一條性命。」

阿爾蜜塔沒有繼續問那是什麼。

雖然不太了解背後的原理，但還是能從話題的走向推測出答案。既然在現在這個狀況開啟這個話題，那接下來要說的話一定是——

「請殺了我。」

少年平靜地說道。

阿爾蜜塔默默地嚥了一下口水。

「這樣就結束了。你們將成功守住自己的世界，然後回到想回去的地方。這是最好的結局。」

「為什麼？」

「因為那個世界沒有任何『真實』的事物。」

少年像在望著遠方般說道。

「艾陸可和各位教了我許多『真實』的事物——那就是我擁有的一切。所以等各位離開後，那個世界就沒有任何我想要的東西了。」

「可是……」

「我並不是從一開始就想自我毀滅。我想要活久一點——並為了活下去戰鬥過了。能為自己的世界做的事情，我都已經做了。」

「………」

「我將所有的力量託付給爸爸，但還是輸了。既然如此，如果打贏這場戰鬥的你們沒有好好凱旋而歸，不是會讓人很不甘心嗎？」

阿爾蜜塔緊咬嘴唇。

她不太了解這個少年，在立場上也沒有餘裕替不熟的人著想。對方很明顯是敵人，是非殺不可的對象。何況即使是白色人偶模仿出來的存在，她也早已奪取過許多性命。事到如今，她根本沒有理由猶豫，也沒有資格猶豫。

但阿爾蜜塔還是陷入了迷惘。

帕捷姆的劍尖搖擺不定，反映出她的心境。

通過劍身的魔力也不穩定。

在這個極度接近無人的戰場，既沒有對絕望的哀嘆，也沒有對希望的祈求——帕捷姆的異稟毫無反應。這表示阿爾蜜塔必須用自己的想法和理論，面對這場戰役。

搞不懂，該怎麼辦才好？

我到底想怎麼做？

原因不明的猶豫，讓阿爾蜜塔的腦袋變得一片空白，然後——

「換人吧。」

某人將手放在她的肩膀上。

然後輕輕將她推到後方。

一道背影出現在阿爾蜜塔眼前。

那是她十分熟悉——在夢裡看過無數次的背影。

「學姊……？」

「這原本就是我的工作。」

緹亞忒・席巴・伊格納雷歐回頭對學妹露出寂寞的笑容。

然後，她舉起劍轉向白髮少年。

3. 我所知的學妹

緹亞忒・席巴・伊格納雷歐被稱作英雄。

她是被創造出來的英雄。某個墮鬼族（Imp）用滿懷惡意與愛情的陰謀，將這個頭銜強加在她身上。所以緹亞忒很清楚創造英雄的方式，以及英雄該背負的責任。

英雄只能透過殺死壞蛋來成就某項偉業。

不過這種事只有在故事裡才能順理成章地成立。在現實世界裡，根本沒有多少殺了也無所謂的壞蛋。所以現實的英雄只能讓某人背負「壞蛋」的招牌，讓對方扮演負責死亡的角色，才能做出成果。

緹亞忒・席巴・伊格納雷歐被稱作英雄。

儘管她本人並不認為自己是英雄，但已經接受被如此稱呼。換句話說，她承認自己背負著殺死「壞蛋」的工作。

†

先和同伴會合吧——

緹亞忒在前不久做出這樣的決定，並展開幻翼飛翔。

這個空間很奇怪。

看得見的事物和存在於那裡的事物並不一致。

只要稍微移開視線，距離和方向就會澈底改變。

無數陶片從眼前一閃而過、消失，接著又突然出現在附近。

即使短暫看見熟人模糊的側臉或背影，馬上又會再次消失。這樣的事重複了好幾次。

與其說看得頭昏眼花——不如說是在頭昏眼花中徘徊。自己到底在這樣的世界飛了多遠呢？

如今緹亞忒眼前出現了一個並非幻影，而且即使稍微移開視線也不會消失的少年。

少年笑著說：「又見面了呢。」

緹亞忒以苦澀的表情回答：「是啊。」

蒙特夏因。

那個剛崩壞的世界的觀測者兼核心，〈最後之獸〉的一部分。只要這個少年還活著，〈最後之獸〉就不會死，並繼續對外面的世界與懸浮大陸群構成威脅。

（……真是個討厭的工作呢。）

緹亞忒確認背上的重量。

自己原本使用的遺跡兵器伊格納雷歐剛才已經刺在翠釘侯身上，來不及回收。所以現在背上只剩下另一把自己懷著沉重的心情，**為了這種時刻**帶在身上的遺跡兵器。

莫烏爾涅。

與別人心靈相通，藉此獲得強大的力量，這把劍正直地體現出這點。

真是的——怎麼會這樣。

帶著這把劍的自己，現在像這樣站在蒙特夏因面前。這讓緹亞忒感覺到某種必然性。

「你覺得這樣就好嗎？」

緹亞忒以顫抖的聲音問道。

「因為你把翠釘侯大人吸收進這個世界，用他來對付我們，那個世界才會崩壞。明明我們本來幾乎無計可施。」

「我並不後悔喔。我全力戰鬥過，然後輸了。」

少年臉上仍維持著有些寂寞的笑容。

「這樣啊……」

緹亞忒舉起莫烏爾涅。

她微微催發魔力後，赤灰色的劍身釋放出微弱的光芒。

第一次對這名少年舉劍相向時，遭到了潘麗寶的妨礙。第二次與其說是被他逃走，不如說是自己被趕走了。

不過這次不會有人妨礙，自己也不會讓他逃走，這次就是最後一次了。

緹亞忒看向莫烏爾涅的光芒。

既平穩又一絲不亂，而且——強勁到不像只包含了緹亞忒一個人的意志。就是那樣的光芒。

「你期盼著自己的終結嗎？」

「是的。」

少年坦率地點頭。

「……這樣啊。」

莫烏爾涅是結合願望的劍。

無論內容多麼悲傷或瘋狂，只要在場的人懷抱著共同的願望，就能將其轉換為力量。

現場有兩個人期盼少年死亡。

所以這把劍結合了兩人份的意志，將其轉換成替少年帶來死亡的力量。

緹亞忒並不認同這個作法。

不過，這確實是最正確——錯誤最少的選項。

因為緹亞忒她們是為了守護懸浮大陸群而戰。為了實現這個目的，她會毫不猶豫地做必要的事情。她的心裡也沒有迷惘。

即使有**其他選項**從眼前一閃而過也一樣。

緹亞忒舉起莫烏爾涅。

少年閉上眼睛。

赤灰色劍身上的光芒微微晃動。然後——

「……學姊……」

劍尖停住了。

即使沒有回頭，緹亞忒也知道聲音的主人是誰。阿爾蜜塔·賽蕾·帕捷姆。新人妖精兵，緹亞忒引以為傲的學妹，同時也是她不希望現在出現在這裡的人。

「對不起，阿爾蜜塔。把頭轉到旁邊吧。」

緹亞忒低聲懇求她。

「拜託妳……我不太想讓妳看見這種場景。」

「請等一下。感覺……感覺好像缺少了什麼。」

「沒錯。無論何時都是如此。」

緹亞忒有些煩躁地用強硬的語氣拒絕阿爾蜜塔。

「時間、情報、物資、人才、能力與經驗，無論何時何地，總是會缺少什麼。即使如此，還是不得不做那些非做不可的事情。因為沒有餘裕讓人慢慢迷惘。」

就像在說服自己一樣。

「妳應該感到很幻滅吧。所謂帥氣的學妹，實際上不過是這樣的人。所以，我不太想被妳看見。」

「不對！」

一句強烈到接近吶喊的否定，傳進了緹亞忒的耳中。

「雖然學姊很帥氣，但事情不是這樣！」

「…………咦？」

緹亞忒一時無法理解這句話的意思。

該不會學妹們其實並不憧憬自己，只是自己擅自這麼認為吧？這樣不是非常難為情嗎？緹亞忒甚至忘了現在的狀況，開始思考這些問題。

「因為緹亞忒學姊無論何時，都會一面『嗚～啊～』地抱著頭煩惱，一面努力摸索更好的作法吧！」

「確實……是這樣沒錯……」

緹亞忒無法否認。特別是「嗚～啊～」的部分。

「不過啊，阿爾蜜塔。如果一直相信有更好的作法，就無法做出任何決定，也無法辦到任何事情喔。」

不會每次都剛好有「更好的作法」。即使真的有，往往也會在尋找的期間消失。

不去尋找其他選項，一直都是個踏實的選擇。踏實就表示比較不會犯錯——這樣後悔應該也會比較少。

「即使如此！」

阿爾蜜塔激動地說道。

「學姊總是會自己尋找道路！會一面說還有更好的作法，一面尋找更能讓自己接受的道路！持續『嗚～啊～』地煩惱！」

「……阿爾蜜塔。」

「所以我和優蒂亞才會在這裡！」

嗯。這麼說來，確實是這樣。

阿爾蜜塔和優蒂亞原本是無法轉變為成體的妖精。她們是會在長大成人前消滅，應該在享盡妖精原本的天年後消失的個體。

緹亞忒她們因為無法接受這個事實而拚命掙扎。為了盡可能宣示黃金妖精的用處，她們努力說服軍方，主動投身原本不需要她們的戰場。

這段期間她們有失去，也有獲得，兩者都多到無法互相比較。

緹亞忒完全不覺得那稱得上是正確的選擇。如果有人說應該還有更好的作法，她也會認為大概是那樣沒錯。

但不可思議的是，她一點都不後悔。因為她們當時確實選擇了自己能夠接受的道路。

不知道是反映了誰的內心。

莫烏爾涅劍身釋放的光輝劇烈晃動。

該怎麼說才好。

莫烏爾涅實際上是一把不方便的劍。只要現場的敵意沒有統一，就無法順利地控制。說得露骨一點，正因為它擁有結合人心的功能，性質上難免會受到現場的氣氛影響。

明明原本已經下定決心要動手了。

（嗚……啊……真是的……）

雖然緹亞忒很想用力搔頭，但她最後只在心裡呻吟。

她已經澈底失去了幹勁。

「蒙特夏因。我重新問你一次。」

「……嗯。」

少年的表情像被逼急了般，眼神游移不定。

「你的願望真的是自己的死亡嗎？」

「這個嘛……是的，當然。」

他以明顯感到猶豫的態度點頭。

「我對虛假的世界沒有留戀……即使如此，那裡依然是我唯一的容身之處。所以，我已經只剩下讓自己消失這條路……」

「這就是問題所在。」

緹亞忒低聲打斷少年。

「……咦？」

「在認定自己只能這麼做的時候，通常只是變得看不見其他道路。雖然這不一定是壞事，但還是要看時機與場合。」

緹亞忒旋轉莫烏爾涅。

她稍微讓劍旋轉了半圈後，往地上——輕輕插在宛如陶片的落腳處。

劍身上搖曳的光芒閃爍了一下後，便恢復穩定。

「話先說在前頭……我接下來打算做的事情相當危險，所以一旦發現情況不對，我就會立刻將全部的心力用在解決問題上。」

「呃……那個？」

「來，把手伸出來。」

蒙特夏因不明所以地伸出手。緹亞忒用力將他的手拉過來，放在插在地面的莫烏爾涅的劍柄上。

劍身上的光芒稍微變強了。

「這把莫烏爾涅是結合人心的劍。它會順從人們心裡的訴求，為了傷害他們心裡展示的目標而行動。」

「……所以，要把我……」

「你自己真正的心願是想破壞其他東西，而莫烏爾涅讀取到了那個願望。」

莫烏爾涅不會讀取表層的思考。

而是直接汲取盤踞在心裡的那些比感情還要深沉的心境與衝動。

比起腦中所想的決心，它會優先收集纏繞在心裡的怒氣和焦慮——所以在過去曾引發幾次災難。

不過，正因為如此，作為最高位聖劍之一，它一定也曾在過去的地上世界累積了許多接近奇蹟的偉業吧。

「阿爾蜜塔！」

緹亞忒轉頭呼喚背後的學妹。

「是、是的！」

「謝謝妳。有像妳這樣的好學妹，我真的是太幸福了。」

她露齒笑道。

「那我們出發吧。」

在做出這項宣言的同時——

莫烏爾涅整個劍身釋放出更加強烈的光輝。

那道光輝從靠近劍柄的地方逐漸聚集到劍尖。

接著所有的光都被吸進了她們落腳的地面。

寂靜只持續了短短一次呼吸的時間。然後——

轟隆。

從底下傳來撼動腹部的低沉聲響。

腳底的陶片，不對，整個空間都出現了巨大的裂縫。從那些裂縫裡流瀉出和莫烏爾涅相同的赤灰色光輝。

大氣的震動強烈到宛如一次將無數玻璃飾品互相敲碎。

裂痕擴散，碎片開始飛散。

彷彿要打破夜色的牆壁般，世界逐漸龜裂。

牆壁對面是一片由紅色與藍色組成的對照景象。

那是外側世界——懸浮大陸群黎明的景色。

〈最後之獸〉最後的殘骸被破壞。

那是最後一片蛋殼。

蛋殼破裂後，理所當然地——

裡面的東西就會被釋放到外面的世界。

4. 破裂的蛋，雛鳥的鳴叫聲

風。

他全身都被風包圍。

一睜開眼睛，風就會跑進去刺痛眼睛。一旦想笑，臉頰就會被吹到變形。即使如此，他還是無法閉上眼睛，也無法閉上嘴巴。

眼前是一片由紅色與藍色對照組成的黎明景象。

他無法移開視線，也無法停止發出感嘆的聲音。

眼淚好像快流出來了，這一定不只是因為風的緣故。

（……真不可思議。明明這裡的黎明，應該和我的世界沒什麼不同。）

懸浮大陸群二號懸浮島的近空。

蒙特夏因正在墜落。他被拋出崩壞的世界之後，來到了空中，沒有翅膀的他只能持續墜落。

如果繼續往下墜，當然就會撞上地面。他明白這點，但根本沒有心思想這件事。僅只是對眼前的景色感到震撼。

底下有超過幾十座的島嶼。

許多真實的居民住在那裡，過著真實的生活。並非模仿某人的過去，也不是重現某人的記憶，那裡每天都有人度過嶄新的一天。

（——啊啊。）

就在少年有點認真地想著真希望能直接融入空中時，有人抓住了他的手臂。墜落的速度變慢，然後停止。

少年在還是一樣強烈的風中抬起頭，看向救了自己的妖精。

「謝謝……妳……」

他無法流暢地道謝，因為那是他不認識的妖精。至少在那個世界和翠釘侯戰鬥的妖精裡——應該沒有這位灰髮的妖精。

「嗯。」

那位妖精以不帶任何感情的表情，輕輕點頭回應少年。

「奈芙蓮學姊？」

附近響起驚訝的聲音。

「辛苦了，緹亞忒。妳很努力呢。」

「是、是的……不對，呃，學姊為什麼會在這裡？」

「嗯，說來話長。」

妖精──奈芙蓮以缺乏抑揚頓挫的聲音簡短說完後，環視周圍。蒙特夏因也跟著這麼做。雖然剛才沒有注意到，但似乎無法自己飛行的黑燭公和翠釘侯都在遠處往下墜。然後，有幾對幻翼飛向他們。

此外，還有一艘飛空艇──「菲羅埃萊亞斯」停留在他們附近的空中。

「好了。我們出發吧。」

奈芙蓮說完後，提升高度，開始遠離「菲羅埃萊亞斯」。

「咦，要去哪裡？」

「可以談話的地方。」

奈芙蓮的說明到此為止。

二號懸浮島。

又稱，世界樹的中心。據說是飄浮在懸浮大陸群最高空的傳說之島。直到剛才都還被〈獸〉的結界籠罩的地方。

那裡的草木一年四季都很茂盛，只靠這座島便能體現出整個懸浮大陸群的自然環境。至少，這裡原本是包含了那種意義的地方。

或許是因為這個機能被長期封鎖，放眼望去幾乎所有的樹木都已經枯萎。

「——辛苦了。」

一名看似有些憔悴的黑髮青年，舉起單手迎接被灰色妖精抱來這座島嶼的蒙特夏因。

「威廉？你什麼時候跑出來的？」

「我一直都在這裡試著用各種方式從外側干涉結界世界。雖然能隱約透過裂縫觀測內部，但到頭來還是幾乎什麼都做不到。」

青年表示在一切結束，結界徹底崩壞前，他只能待在附近的空中等待……

「妳做得很好。」

青年用大大的手掌溫柔地撫摸緹亞忒的頭髮。

緹亞忒感覺到那隻手正微微顫抖。他原本就是個不擅長坐等戰鬥結束的男人。看來這部分還是沒什麼改變。

「……我說啊。我已經不是小孩子了。」

「喔，抱歉。」

青年連忙移開手。

「而且這又不是我一個人的功勞，要誇應該要誇所有人吧。這次大家都表現得很棒，阿爾蜜塔和優蒂亞也在一陣子不見後——雖然感覺有點走歪——變得非常可靠呢。」

「喔？」

「還有，那邊那位在各種意義上也都非常努力呢。」

所有人的視線都集中在——蒙特夏因身上。

少年紅著臉低下頭。

「那傢伙就是問題的〈最後之獸〉的結界核心啊。沒想到真的把他帶出來了。」

「這是威廉自己說的吧，『我把船準備好了，把他帶出來』。」

「雖然是這樣沒錯……但真虧妳能聽見呢，那本來是我不抱希望送出的訊息。」

「因為聲音斷斷續續，根本聽不懂，害我非常煩惱呢。」

威廉無視緹亞忒的抱怨，走向蒙特夏因。

蒙特夏因忍不住後退了半步。威廉見狀稍微露出笑容，指向他的腳邊。

少年往下看，發現在土壤裸露的地面上，出現了和自己的鞋底形狀一樣的黑色痕跡。

「看得見嗎？」

「是、是的……」

「那是世界的腐敗。懸浮大陸群的結界無法接受你這個有害的異物。如果是軟弱的異物會自然被消滅，但到你這種等級就沒辦法了。所以懸浮大陸群會從被你碰觸到的地方開始腐敗。」

「……咦？」

少年連忙跳開。然後又多了一個腳印形狀的黑色痕跡。

「別在意，區區腳印的程度還不需要擔心。而且二號島特別堅固，黑燭他們之後也會幫忙修復。話雖如此，還是不能隨便讓你待太久呢。」

「啊……好的……」

蒙特夏因走向懸浮島的邊緣往下看。

「不用擔心，我很清楚。我只要能看這個世界一眼就滿足了。」

「嗯？」

「〈最後之獸（世界）〉剛誕生時，對外面的世界產生了憧憬，我是從那份憧憬裡產生的存在。所以只要能站在這片天空中一次，就已經夠幸福了。」

「……呃～」

威廉走了幾步，將手放在蒙特夏因的頭上。然後用力揉亂那頭白到接近透明的頭髮。

「咦，呃……威廉先生？那個？」

「我說啊，雖然懂事是個優點，但太懂事的小孩也很無趣啊。」

即使語氣顯得十分不悅，但他的表情看起來相當開心。

「呃，那個……碰到我應該會很危險吧？」

「沒有大人會因為這點程度的危險不去理小孩子啦……這只是玩笑話，你看。」

威廉放開少年的頭，將手掌攤開給他看。

乾淨的手掌上完全沒有黑色的痕跡。

蒙特夏因還注意到另一件事。威廉剛才走向少年時，也在地上留下了黑霧般的痕跡。

而且那些痕跡遠比蒙特夏因還要深。

「……威廉先生，那是？」

「我也和你是一樣的狀況。我曾經差點被〈最初之獸(Chantre)〉的世界核心吸收，之後破壞那個世界來到這邊的世界……即便還發生了很多事，但沒時間說明了。」

威廉聳肩，用輕鬆的語氣說出怎麼想都很沉重的話題。

「之所以把你拉出來這裡，一來是對你的狀況感同身受。二來是想對你提出邀約。」

邀約？

少年詢問這是什麼意思。

「該怎麼說才好，雖然就是字面上的意思——」

黑髮青年搔著頭，說出自己的想法。

蒙特夏因驚訝地睜大眼睛。

緹亞忒像覺得頭痛般，將手指抵在太陽穴上。

只有奈芙蓮一個人輕輕點頭。

「……你是認真的？」

緹亞忒一臉不悅地問道，威廉便得意地回答：「那當然。」

「不如說，事前準備已經都做好了。所以才嘗試用粗暴的手段將訊息送進世界結界。

畢竟以這裡目前的技術，理論上可是做不到那種事喔。」

「當然是這樣沒錯。」

「雖然地神們應該會很生氣，但逃跑後就不用擔心被追上。現在正是好機會呢。」

「真是傻眼，實在是太令人傻眼了。」

緹亞忒再次抱著頭懊惱。

「……蒙特夏因，你打算怎麼辦。要加入我的計畫嗎？」

「我……」

少年猶豫了一下，然後重新開口：

「……那就拜託你了。」

他低頭行了一禮。

威廉點頭回答：「沒問題。」緹亞忒嘆了口氣說：「我想也是。」奈芙蓮則默默地稍微歪了一下頭。

「好吧。既然當事人都接受了，我也不打算再多說什麼。」

「那還真是幫了大忙。」

「雖然不打算多說什麼，但我可以幫忙傳話。有什麼想對別人說的話嗎？」

「啊……這樣的話，我有件事想拜託妳。」

蒙特夏因將手抵在胸前，以溫柔的微笑說道：

「請妳轉達艾陸可：『我們總有一天，一定會再見。』」

5. 前往星空

在準巨鯨級運輸飛空艇「菲羅埃萊亞斯」的甲板上。

精疲力竭的妖精兵們全都癱倒在地上。

「累死，人了……」

可蓉高聲說出一看就知道的事實，但她的聲音明顯缺乏活力。

『謝謝妳們，小小閃耀的靈魂們。』

伴隨著一陣低沉的聲響，翠釘侯晃動巨大的身軀說道。伊格納雷歐至今仍深深插在他的頭上。

『要是就那樣墜落地面，各位應該又要費很大的工夫才能把我們帶回空中吧。』

「確實光想就讓人毛骨悚然……」

潘麗寶滿身大汗地躺在地上，擦拭額頭的汗水。

『嗯。看來翠釘侯的思考功能已經恢復了。』

『大致上恢復了。〈獸〉對我的行動支配已經解除。尼爾斯大人為了以防萬一而施展的昏睡欺瞞詛咒，也幾乎都失效了。』

「翠！」

艾陸可衝向翠釘侯巨大的身軀。翠釘侯巧妙地用一隻上臂接住少女，將她高高舉起。

艾陸可開心地揮舞著四肢。

『看來公主大人也十分安康。』

「我很安康喔！」

艾陸可得意地說道。雖然她明顯不知道安康是什麼意思。

「……那塊廢鐵的事情可以晚點再說吧。還有其他更重要的事情。」

大賢者以尖銳的語氣打斷眾神們的嬉鬧。

「原本的問題解決了嗎？那個核心小鬼真的死了嗎？」

「呃……那個，關於這件事。」

阿爾蜜塔戰戰兢兢地舉起手。

「那個世界粉碎後，我見到了那個男孩子。然後……雖然我想殺掉他，但下不了手，所以就請緹亞忒學姊代替我動手。」

「學姊？」

仍躺在地上的優蒂亞，像想起什麼般環視周圍。

「這麼說來，她不在呢。是掉下去了嗎？」

「不可能吧。在操控幻翼方面，她可是比我們每個人還要厲害，那孩子就算睡迷糊也能安全地飛行喔。」

「不如說她以前真的這麼做過。」

「確實呢。」

潘麗寶和可蓉互望彼此點頭，優蒂亞則探出身子表示想聽那件事。

「喂，別轉移話題。最後到底有沒有殺掉他？」

「這個嘛……」

阿爾蜜塔的眼神游移不定，像在思考該如何回答般，最後視線停留在藍天中的某處，並停止了動作。

「嗯？怎麼了嗎？」

優蒂亞向阿爾蜜塔搭話，但後者動也不動。

「各位。」

一名站在阿爾蜜塔身旁，身穿侍女服的貓徵族(Ailuranthropos)看著和她相同的方向，靜靜宣告：

「那裡似乎發生了很重要的異變。請趕緊確認一下。」

「什麼？到底怎麼了，偏偏挑這種麻煩的時候——」

所有人的視線，都集中在被許多枯萎的植物環繞，散發冷清氣氛的二號懸浮島上。

在那座島的旁邊——飄浮著一艘巨大的純白飛空艇。

說得更正確一點，那是類似飛空艇的船。它的外表和現有的任何型號都不同，且安靜到甚至感覺不到咒燃爐的氣息，白色的船身透明到讓人不禁懷疑那艘船是否確實存在。

被黎明的紅色陽光照亮的那一側，乍看之下像一片薄雲。就是那樣一艘隱約散發出神聖的氣息，並讓人覺得缺乏現實感的船。

『——啊啊啊啊啊啊啊啊啊啊啊啊啊啊啊啊啊啊啊啊啊啊啊啊啊——！』

紅湖伯發出尖叫。

當然，她是只有宿主能看見的魂魄體，所以她的聲音算是一種心靈感應，照理說只有艾陸可（以及其他同位階的地神）聽得見。

不過，大概是紅湖伯自己動了什麼手腳。這次她的聲音直接震動周圍的空氣，傳到了所有人的耳裡。

『怎麼回事？為什麼？是怎麼讓它動起來的？』

「吵死人了，別突然大叫！那到底是什麼東西！」

『你問那是什麼，一看就知道了吧！』

「就是不知道才問妳啊！」

『是星船啦！星船！』

紅湖伯的聲音已經接近尖叫。

『載著許多星神橫渡星海，來到這個箱庭世界的船！地神(我們)的本體！原本就有很多地方壞掉，後來又被人類的勇者開了個大洞，所以應該正在修理中才對啊？』

「喔……」

可蓉發出悠哉的聲音。不只是她，所有妖精兵都聽不懂紅湖伯在喊什麼。她們只覺得看見了相當稀奇的東西。

「原來如此。」大賢者嘟囔著說道：「那就是一號懸浮島啊。」

「一號！有那種東西嗎？」

優蒂亞的眼神變得閃閃發亮。

五號以內的懸浮島都位於超高空，對懸浮大陸群的居民們來說是傳說中的存在。別說有沒有人去過了，甚至幾乎沒有人看過。

此外，和姑且有留下傳說的二號懸浮島不同，一號懸浮島幾乎沒有留下相關的記載。只有一些古老的童話（Fairy Tale）故事，有稍微提到那座島「位於能夠俯瞰一切的高空彼端，飄浮在星海當中」。

「為什麼那種東西……」

『就是啊，為什麼在動？而且跳躍機關好像在運轉？這怎麼可能？』

「呃，根本聽不懂妳在說什麼……」

在所有人的注視下，那艘純白的船——星船緩緩移動。

那艘船沒有發出聲音，宛如在靜靜滑翔般往上飛向天空的彼端。

『這下……有點不妙呢。』

『才不是有點而已！為什麼，為什麼會這樣啊！』

「……他在說『我出發了』。」

所有人都停止發言，看向坐在翠釘侯肩膀上的艾陸可。

『妳聽得見嗎？』

「不。只是有這種感覺。」

艾陸可茫然地，像在作夢般說道：

「這樣啊……嗯，是啊。一定能夠找到。」

她與不在此處的某人，進行旁人無法理解的對話。

然後，她朝逐漸消失在天空裡的純白飛船用力揮手。

「路上小心！總有一天，要再見喔！」

i．總有一天，一定要再見

他在心裡詢問自己——這麼做真的好嗎？

這個問題，以後一定會反覆出現無數次吧。而且每次都會伴隨著令人瘋狂的後悔。

不過，即使如此——

還是先對自己選擇了往前邁進這件事感到自豪吧。來自其他世界的流浪者——星神們以前也一定是這樣。

「結果我也走上了和師父一樣的道路啊。」

威廉看著底下逐漸遠離的懸浮大陸群，露出苦笑。

「如果哪天遇到他，或許會被他挖苦明明當時拒絕了，最後卻還是走上這條路呢。算了，我才不管那麼多。」

即使已經變成死者，懸浮大陸群仍無法接受威廉．克梅修的存在。就算墜落至地面，情況應該也不會改變。因為那裡同樣是由黑燭公他們設計和調整的世界。

據說這座一號懸浮島——星船，是星神們當初為了尋找能夠居住的世界，在星海中流浪時使用的船。

威廉直到前陣子為止，當然都不曉得這艘船的存在，但曾和眾神們一起生活過的奈芙蓮提出了這樣的建議——既然在已知的世界無法找到容身之處，就前往未知的世界吧。如果這樣還是找不到，那再去更遠的地方。

星船被設計成能讓星神輕鬆駕駛。而幸好現在的奈芙蓮，某方面來說極度接近星神。

「詳細的操作方式就邊試邊學吧。」

她本人如此主張。

「真的做得到嗎？」

「我找到了超厚的操作手冊。因為是未知的文字，所以必須先從解析語言開始。」

「……真的做得到嗎？」

「我們多的是時間。」

過去，妖精倉庫頭號愛讀雜書的奈芙蓮，自信滿滿地豎起大拇指。

「謝謝妳。」

威廉簡短地道謝。

奈芙蓮現在也是混合了各種存在的異常存在。不過她和威廉不同，並沒有被懸浮大陸群排斥。只要她願意，依然能夠自由地留在那個世界。她可以留在二號懸浮島和眾神一起生活——或是選擇作為單純有點不老不死的前妖精，回到那個令人懷念的地方。

然而，她選擇陪威廉一起踏上這條看不見終點的旅程。而且——

「我並沒有做什麼值得被感謝的事情。」

她還若無其事地如此說道。

「真是的。」

威廉將手放到奈芙蓮頭上，搔亂她的頭髮。

少女露出明顯感到不悅的表情，但並沒有推開他的手。

「——我……」

威廉抬起頭。

旁邊有個還能以年幼形容的白髮少年，正注視著快要變得看不見的懸浮大陸群低喃。

「我能好好成為一個出色的**世界**嗎？」

「……你這話還真不可思議。不是接下來才要去嗎？」

「是這樣沒錯。但最終還是不太一樣。」

少年搖頭回答：

「因為〈最後之獸〉是**世界的種子**。我覺得如果好好將其培育成一個新世界，就能對那個讓我誕生——並差點被我毀滅的世界報恩和贖罪。」

「唉……」

先不管少年看起來還很年輕，威廉覺得他的個性未免太認真了。不過，把這當成長期的志向，似乎也不是件壞事。

「果然，事到如今才這樣想不太好嗎？」

「不，這樣也不錯吧。假如小孩子找到自己想做的事情，大人也只能祝福。即使是有點不妙的事情，短期之內也不會去妨礙吧。」

「短期之內嗎？」

「反正像你這樣的傢伙，一定馬上就會成長為大人呢。」

少年笑了。

那是個與他的年齡相符，天真無邪的笑容。

現在已經看不見懸浮大陸群。

他們將啟程邁向星海。

已經無法將自己的聲音傳達到那個令人懷念的場所。

所以他沒有將自己的想法說出口，而是全部留在心裡。

發生了很多事情。

有相遇，也有別離；有許多未能守護的事物，但多少也有些被自己守護下來的事物。

有失去的事物，也有被留下的事物。

有一群人跨越這樣的日子——現在仍在那塊空中大陸上生活。

（謝謝你們。）

少年心裡浮現出幾張臉，然後，他閉上眼睛——默默地對她們的笑容表達感謝。

最後，他補上一段類似祈禱的話語。

希望那些活在當下，溫柔又堅強的人們。
在那塊忙碌的末日大地上度過的幸福時光——能夠一直維持下去。

「總有一天，也能抵達那片遙遠的天空」

-from me to someone-

於是，忙碌的日子再次開始和延續。

以前是如此，未來也是如此。

大家現在是這樣，以後也是這樣。

——在一個故事結束後也一樣。

一直、一直是如此。

只要他們和她們還在**那裡**。

這段多餘的故事與現實，就會一直持續下去。

†

『為什麼～事情會～變成這樣啊～！』

紅湖伯快速在空中轉圈。

『所以，所以所以所以，我不是早就說了很多次，應該快點離開這個世界！如今世界樹已經枯萎，星船也被搶走了，這樣我們不就無法離開這個世界了嗎！』

『吵死人了！現在吵這個也無濟於事吧！』

『就是因為你一直像這樣把事情往後延，才會變成這樣啦！』

空魚不斷用尾巴拍打一顆巨大的黑色頭蓋骨。當然，因為她是沒有實體的魂魄體，所以這麼做完全沒有物理上的意義，單純只是在找碴。

『唔，這個嘛……確實……』

黑燭公也巧妙地做出厭惡的表情，吞吞吐吐地回應。他還將空蕩蕩的眼窩轉向旁邊的鎧甲騎士，大聲求助。

『喂，翠釘侯，你也說些什麼吧。』

『……在這次的戰鬥。』

鎧甲騎士發出低沉又厚重的聲音。

『以及這次的歷史中。所有人都努力奮戰，並在最後獲得了這個結果。因此，我不認為這個結果有什麼不好。』

『是啊～的確，你當然～會這麼想～！』

紅湖伯激動地大喊。

『好好看一下現實，思考未來吧！如果繼續像現在這樣隨波逐流或只顧著追求自己的美學，最後一定會陷入僵局吧！』

那是個只存在於地神們記憶裡的角落，和這個世界的故事沒有直接關聯的古老知識。

星船是在星神們的故鄉製造的巨大建築物。

當時的正式名稱是哈爾斯坦公司製造方舟級移民跳躍船「戈登雷寇德—XI」。

就如同它的名字——「船」，實際上也是被用來航行。只是並非在海上或天空，而是在被稱作「可能性曠野（Akashic Subspecies）」的領域航行。只要將那模擬成空間通過，就能在所謂的平行世界間移動。

雖然每次航行都只能前往和出發地點有些許不同的其他世界。不過只要反覆航行，就能抵達和出發地點截然不同的異世界。這就是這種技術和這艘船的功用。

很久以前——那個世界的人類走錯了路，害自己誕生的世界完全毀滅了。許多艘船前往其他世界尋找新天地。這艘星船也是其中之一。

假如僅航行一次，只能前往和已毀滅的世界差不多，遲早會再面臨相同結局的世界。必須航行個上億次，才有辦法逃到還有可能性的世界。

在經歷了數不清的航行後，時間和次數都失去了意義。

星神們在過程中精疲力竭，星船也失去了當初的機能。在完成最後一次航行後，星船抵達一片灰色的沙漠。

星神們知道這裡也是個蘊含毀滅的世界。

但他們已經極為勞累，並決定將這個世界當成最後的住處。

他們重組星船的航行機構（Poteau），開始模仿故鄉改造這個世界。雖然連故鄉的記憶和紀錄都早已風化，但他們還是勉強從娛樂資料庫裡找出剩餘的紀錄，打造出最後的樂園——

重點是星船之後的去向。

前航行機構後來成了地神，其中一位地神堅持要修復星船。那位地神主張最後的星神是在這個世界誕生，沒必要讓她和父母一樣被囚禁在這個世界。

應該讓她能夠啟程前往其他還留有可能性的新世界。

另外兩位地神也贊同這個說法，於是在維持世界運轉的同時，也緩緩地修復星船。為了讓她有一天能前往星海，為了替她取回這樣的可能性。

『你們這五百年到底都在做什麼啊！真是的！』

人族的滅亡、〈十七獸〉的解放，以及懸浮大陸群的升空。打從五百年前發生這些事情後，一切便開始失控了。

當時星船已經恢復航行能力。不過，由於艾陸可擁有龐大的必然性存在量——這個世界的人類們將此稱作靈魂的規模——所以外裝尚未修復到能穩定載著她航行的程度。順帶一提，勇者黎拉．亞斯普萊五百年前還在船上開了幾個大洞。

『老夫這段期間姑且算是相當努力啊！』

『你只是開心地在經營自己的空中樂園吧！不覺得這優先順序很奇怪嗎？』

鎧甲騎士稍微挪動身軀，制止大吼大叫的紅湖伯。

『紅湖伯，冷靜一點。長年遭到封印的我們，應該沒資格評論持續奮戰者的努力。』

『你！最沒有！資格！說這種話！話說你還真是堅持自己的風格呢！』

紅湖伯大叫的聲音，今天也響徹二號懸浮島的天空。

該亞是獸人，同時也是侍奉黑燭公的最高位神官，而她最近開始負責照顧三位地神。畢竟眾神總是既隨興又無拘無束，光是配合他們的任性就足以讓人相當勞累。她希望能夠增加人手，但也很清楚這不是能夠輕易實現的願望。

（…………）

她仰望天空。

二號懸浮島被認為是懸浮大陸群中高度最高的懸浮島。這個謠言雖然很貼近事實，但並不完全正確。不過現在情況改變了，這樣的說法成了事實。

從這裡仰望的天空，已經看不見一號懸浮島——航向新世界的眾神之船。

那艘船正在遙遠的某處，於可能性的彼端流浪。

該亞並非神明，所以原本就與那艘船無緣。不過，在搭乘那艘船的流浪者中，有幾名過去曾和她有些緣分。所以——

「請保重。」

她朝空無一人的天空低頭行了一禮。

因為只要看向天空，她就會產生這樣的心情。

†

懸浮大陸群的末日即將來臨。

這是不可動搖的未來。即使大賢者回歸，星神和地神們都重新甦醒，且二號懸浮島已經恢復機能，並讓邁向滅亡的倒數計時大幅減速……還是無法完全阻止這件事發生。

幾座擁有編號的懸浮島已經失去浮力，緩緩朝地面墜落。目前已經能預測還會再因為相同的原因失去幾座懸浮島。

進一步而言，懸浮大陸群整體的高度也在持續下降——除了少數的懸浮島以外，懸浮大陸群遲早會緩慢降落在地面上吧。

一段歷史即將邁向終結。

「請你把累積了八年份的工作全部好好做完。」

菈恩托露可用冰冷的語氣說道：

「雖然我們已經盡可能幫忙處理了不少工作，但必須讓大賢者大人親自處理的業務依然堆積如山。不好意思，您可能暫時無法休假了。」

「…………唉，這也無可奈何。」

菈恩托露可說是八年份的工作，但其實並不完全正確。因為必須對外隱瞞大賢者不在的事實，所以不能讓工作累積得太不自然。他不在的這八年累積的業務，正是由菈恩托露可親自處理。雖然她曾代表大賢者去過許多地方，不過看來她有效地利用了當時的頭銜，一直在到處奔走。

那麼這些堆積如山的文件又是怎麼來的呢？其實就是現在仍不斷在增加的與「懸浮大陸群的末日」有關的問題。

之後應該會失去許多生命與財產吧。然後，還是會有一些人能倖存下來。然而，很少有生物能在被扔到不同的環境後，依然能從容地繼續生活。為了降低之後將出現的犧牲，他們無論如何都需要一名領導者。而且最好是有相關經驗的人。

「不過，如你們所見，老夫的手已經變成這個樣子。現在連簽名都沒辦法喔。」

大賢者舉起自己之前因為施展咒蹟而變得支離破碎的雙手。離開結界世界後，即使他的外表已經從少年恢復成老人，但多出來的傷口仍維持原狀。儘管他的身體不會因為外傷死亡，但治療起來還是很花時間，也無法用負傷的手指工作。

「我知道。我會幫您代筆，您只需要下指示就行了。」

「唔……那就麻煩妳了。」

「嗯。請您好好記住這份恩情。因為我之後一定會跟您討回來。」

菈恩托露可若無其事地說完後，立刻拿起筆。看來已經要開始工作了。大賢者輕輕聳肩，看向在眼前堆積如山的文件。

歷史悠久的空中樂園——懸浮大陸群的末日即將來臨。

那就像一段漫長故事的終結。

即使如此，果然還是有些事物能持續下去。有人能夠倖存，有人會繼續活下去。

然後——在某處一定還會開始編織著新的故事。

即使沒有被流傳下去，他們仍會堅強地活著。

威廉・克梅修已經離開這個世界。

史旺・坎德爾思考這件事的意義。

那個因為深愛自己的女孩們，而把自己的戀愛關係搞得非常麻煩的男人，以自己的意志消失，離開了那些女孩。

大賢者突然想到——或許他其實是將她們託付給了自己。

如果是這樣，那他還真是留下了一個重擔。雖然如今已經無法確認威廉本人的想法，但偶爾想起這件事還是會讓人感到沮喪。

「怎麼了嗎？」

「沒事。沒什麼。」

大賢者開始思考眼前這位女孩的事情。

他在女孩還很小的時候遇見她，並照顧了她一陣子。而一段期間沒見，她已經變得相當成熟。

總之從照顧這個女孩開始，自己還有許多事情要做。為了在這個即將終結的世界，能夠好好抬頭挺胸地活下去。

——某人輕輕敲了一下半開的房門。一名銀眼族（Prima）的女性，從門縫裡探出頭。

「不好意思，大賢者大人。巴洛尼·馬基希先生又帶了客人過來——」

「什麼！居然在這種麻煩的時期？」

他忍不住大喊出聲。姑且不論還是少年的時候，現在的大賢者無論體格或外表都相當有威嚴，聲音也很低沉，嚇得銀詰草（Silver Clover）輕輕發出慘叫。

「啊，老夫不是在說妳啦。對不起，老夫會去和巴洛尼·馬基希那傢伙講清楚，妳先帶客人進去裡面的房間——」

大賢者連忙好聲好氣（至少本人是這麼認為）地解釋。

他用眼角看見菈恩托露可輕輕笑了一聲。

†

六十八號懸浮島墜落了。

那座島逐漸失去浮力，高度也緩緩下降，最後脫離了懸浮大陸群的結界——緩緩降落地面。

當然，上面的一切也都跟著損壞。

無論是寧靜的小村落、雜貨店、餐廳、映像晶館、沒落的港灣區塊、立在那裡的招牌、森林裡的小路，還是建在森林裡的老舊倉庫都無法倖免。

曾經有許多妖精被帶去那裡，在那成長並從那裡獨立。那個被稱作妖精倉庫的地方，以及那棟建築物，當然都無法承受墜落地面時的衝擊。無論是不好開的門、記錄孩子們身高的樑柱，還是大家一起跑過的操練場……這些應該都已經損壞並消逝了吧。

所有事物都難逃消逝的命運。

這是理所當然的事情。而有些事實如果不像這樣說服自己，就會很難接受。

她已經習慣失去了。至少她自己是這麼認為。雖然並沒有想要習慣這種事，但只要這麼想，就能稍微表現得堅強一點，然後繼續向前邁進。

為了能與尚未失去的事物，一起再多活久一點——

一打開門。

便爆出了一陣吵鬧的聲音。

「喂，碧托菈跑去哪裡了？」「她說對面有棟很大的建築物，然後就跑過去了。」「不是跟她說過不准亂跑了嗎！」「我去把她帶回來！」「等一下，妳去的話只會變成陪她一起觀光吧！」「妲潔卡，妳代替她去！」「咦？為什麼要我去？」「梅伊，這裡交給喬吉特，拜託妳去照顧對面那些孩子，她們比較習慣和妳相處。」「呃……」「啊啊，不妙，下雨了！」「不會吧，等一下！啊啊啊啊，誰現在有空，趕快去把床單收進來！」

狀況十分慘烈。

在不怎麼寬敞的房間裡擠滿了許多少女，她們不斷地來回穿梭。不只是因為來到陌生地方而興奮不已的年少組，連年長組也相當慌亂。

「啊……妮戈蘭，歡迎回來。狀況怎麼樣？」

耶露可艾克拉抱起一名小妖精，同時認出了訪客的身分。從亂糟糟的頭髮能看出她的辛勞，這讓妮戈蘭感到有些愧疚。

「嗯，我這邊是很順利……這裡還好嗎？」

「唉，如妳所見。大致上跟平常差不多，也就是跟平常一樣沒問題。」

明明應該很累了，耶露可艾克拉仍露出無畏的笑容。

她真的已經成長為一個可靠的孩子。

「但應該無法長期待在這裡。能洗衣服的地方太少，也沒辦法讓較小的孩子運動。最致命的一點是沒有廚房。」

「關於這件事，我已經跟市長談過了，市內有一棟空房子，之後應該可以搬去那裡。雖然我勉強和商會聯絡上了，但之後還需要取得護翼軍的許可。妖精倉庫在立場上有點麻煩……想用正式文件確保住處真的很費工夫呢。」

妮戈蘭深深嘆了口氣。

「對不起喔。照顧妖精（妳們）本來應該是我這個監護人的工作。結果卻都交給妳們自己處理。」

「這沒什麼好道歉的吧。妳明明有許多更辛苦的工作。」

耶露可艾克拉聳肩說道。

「實際經歷過這種狀況後，才深刻體會到我們以前有多依賴妮戈蘭……甚至覺得差不多到了該改革的時候……」

「耶露可艾克拉？」

「雖然把倉庫裡的事情都交給同一個人處理是個問題，但這次的狀況不太一樣。不如說正好相反。問題是出在把倉庫和世間的連繫都交給妮戈蘭一個人。艾瑟雅學姊和菈恩托露可學姊在立場上都有點太脫離世俗，應該視為例外……我們接下來該思考的是……」

「喂，快回來啊。」

妮戈蘭輕輕彈了下耶露可艾克拉的鼻子。當然，她有手下留情（如果沒有就不妙了）。耶露可艾克拉喊了聲「好痛」後回過神來。

事情就是這樣。

六十八號懸浮島確實墜落了。

名叫妖精倉庫的建築物也不在了。

當然，六十八號島的居民事先都已經搭飛空艇到其他地方避難了。大部分的人都搬到了附近的懸浮島，在那裡展開新生活。至於妖精們，目前則是暫時在四十九號懸浮島的郊外借了一棟廢墟般的破房子容身。

失去故鄉當然是件令人悲傷的事情，不過人們能夠懷抱著那份悲傷繼續生活。五百年前移居天空的祖先們，早已證明了這點。

（……事情還沒結束。懸浮大陸群的島嶼接下來還會繼續墜落，也不可能讓所有人都移居到剩下的島嶼。總有一天，許多人將不得不移居到地面。）

妮戈蘭在立場上，比一般市井小民還多了解一點懸浮大陸群的現狀。

（地上有〈獸〉。之後人類會和以前一樣需要妖精兵，不，應該說會變得更加需要。連原本不用戰鬥的孩子們，都會被送去戰場。雖然因為護翼軍現在也很混亂，所以這樣的意見還不多——但這大概只是時間的問題。）

妮戈蘭咬緊嘴唇。

她們接下來將度過一段辛苦的時期。

也會遭遇許多難受的事情吧。

一想到這裡，她就感到一陣心酸……

「嘿。」

連兩邊的臉頰都開始痛起來了。妮戈蘭過了一會兒才發現，原來是有人趁她想事情想到出神的時候打了她的臉。

「迦娜？」

她喊出犯人的名字。

「因為妳好像沉浸在一些麻煩又負面的思考裡嘛。」

「……說什麼麻煩，妳啊。」

雖然她想的確實是些讓人心情不好的事情。這點她不否認。

「別悶在心裡。既然是我們的問題，就好好丟給我們啦。」

迦娜努力踮起腳，用雙手托著妮戈蘭的臉頰說道：

「還是說，我們看起來那麼不可靠嗎？」

眨了幾下眼睛後。

妮戈蘭輕輕笑了出來。

「呵呵，的確。說得也是。」

「嗯，妳在說什麼？」

「當然是我這邊的事情。」

要求這些孩子繼續戰鬥的意見，將來一定會變多吧。

不過——這和她們將來要選擇什麼樣的道路是兩回事。

這世界上沒有命中注定。一切都是活在當下的人選擇的結果。

「喂——我把你們要的東西買回來囉～」

一名男子從玄關喊道，他的聲音聽起來相當鬆懈。目前從護翼軍派來擔任妖精倉庫管理者的，都是被貶為閒職的可憐軍人。明明在立場上可以偷懶不做事，但他好像不太會拒絕別人，不知不覺就攬下了包含雜事的各種工作。真是太感謝了。

小妖精們大喊著衝向玄關。年長組則追上去阻止她們。真是的，每個人都這麼悠哉又有精神。

「真是的。如果艾瑟雅在這裡，不曉得會說什麼。」

妮戈蘭寂寞地說完後，發現一件事。

「阿爾蜜塔和優蒂亞呢？」

這裡少了兩個這種時候通常會衝出來的人。

「啊，那兩個人——」

迦娜用視線指示窗外。

†

她在看雲。

並不是在思考什麼事情，只是心不在焉地看著雲。

天空是鮮豔又清澈的藍，當然也沒有裂縫。

她像這樣任憑時間流逝。

（雲……好白啊……）

感覺頭腦根本沒在運作。

當然這並不是什麼值得在意的事情，只是腦袋真的可以說完全沒在運轉，而且遲鈍到讓她對此毫無自覺。

（那朵雲有點像莉艾兒生氣時鼓起來的臉頰……）

從那場戰鬥回到這裡後，她一直是這樣。

因為在相當脫離現實的地方，過了一段相當脫離現實的日子，還獲得了相當脫離現實的經驗……所以無法順利回歸真正的現實和日常生活。

那些真的是實際發生過的事情嗎？該不會只是作了一場特別真實的夢吧？她不只一、兩次這麼想。

「我說阿爾蜜塔——」

躺在旁邊草皮上的優蒂亞發出漫不經心的聲音。

雖然優蒂亞之前受了很重的傷，但最近已經痊癒到能像這樣四處走動了。醫生有說會留下幾道疤痕，不過當事人聽見後的反應相當冷淡，至少看起來並沒有放在心上。

「妳之後打算怎麼辦？要接受護翼軍的挖角嗎？」

這個問題，阿爾蜜塔已經被問了好幾次。然後——

「嗯……我還沒決定。」

她又做出了相同的回答。

與其說還沒決定，不如說她連想都沒想。妖精兵阿爾蜜塔．賽蕾．帕捷姆。在阿爾蜜塔的心裡，還沒有把打著這個名號戰鬥的那些日子消化完。

她與學姊們並肩作戰，有時候還會被她們依賴。即使不覺得自己有幫上多少忙，但總之，自己做過那些事情。

「這樣啊。」

優蒂亞打了個呵欠，閉上眼睛，然後很快就開始打呼。

她完全沒提過自己有什麼打算。阿爾蜜塔也沒問她。當然，這也不是什麼需要特別問的事情。

阿爾蜜塔笑了一下，再次看向天空。

她們無法變得跟學姊們一樣。

這是早就知道的事情。同時，也是再次被迫體認的現實。

所以，她們需要覺悟。為了在接受這個現實後，繼續追逐學姊們的背影。

希望有一天能追上憧憬的背影，再次站在學姊們身邊。

為了不要放棄這個夢想。

小孩子總會成長為大人。那就像捨棄在未來閃耀的無限可能性，只抓住一個用現實凝聚而成的可能性。可以成為任何人，並前往任何地方的自己將會消失，但也正因為如此，才能實際成為某個人，前往某個地方。

護翼軍姑且有說過不用急著回答。所以她打算全力依賴這句話，像這樣度過一段困惑與迷惘的時光。

——阿爾蜜塔覺得自己一定會繼續當妖精兵。

畢竟是自己的事情，她大致知道自己會選擇那樣的未來。不過，她現在還無法只靠這個理由就踏出腳步。

要再等一下。她還需要一點時間。

「啊～找到了。阿魯蜜塔學姊～」

一道口齒不清的聲音響起。她抬起頭，發現一名小小的妖精正踩著快跌倒的腳步衝向這裡。

「妮果蘭在找妳喔。」

「我知道了，拜託妳不要用跑的。這樣很危險。小心，這裡有一條斜坡。」

阿爾蜜塔急忙警告對方，但小孩子畢竟有著用不完的活力，不會那麼乖乖聽話。

「欸，講『大冒險』的故事給我聽！」

「大冒險？」

「優蒂有說，接下來換阿魯蜜塔學姊講。」

阿爾蜜塔看向旁邊，發現優蒂亞將臉轉向沒人的地方，吹著口哨想蒙混過去。

「優蒂亞？」

「哎呀～我一告訴她阿爾蜜塔非常帥氣，事情就變得沒完沒了。反正要聽，不如後半部就交給本人來說。」

「我一點都不帥氣吧？」

「好了啦，先別急著謙虛。既然妮戈蘭在找我們，還是快點過去吧。」

「啊，喂！」

優蒂亞拔腿就跑，阿爾蜜塔準備從後面追上去。在她的胸前，一個鑲著藍色寶石的胸針輕輕晃動。

「……啊。」

阿爾蜜塔停下腳步。

她回頭朝打算跟上兩人的小小妖精伸出手。

「來，一起回去吧。」

「嗯！」

兩人牽著手，慢慢追著優蒂亞的背影踏上新的歸途。

†

病房的門被精準地敲了三下。

「請進～」

「打擾了。」

房間的主人一回應，門就立刻開啟。

一名女子從門縫裡探出頭。她的視線在病房裡繞了一圈，最後在床上發現自己要找的人物。

「艾瑟雅學姊，妳好嗎？」

「喔，真是位讓人意外的訪客呢。」

床上的艾瑟雅．麥傑．瓦爾卡里斯將看到一半的書合起來。

「我今天狀況還不錯呢。話說潘麗寶，怎麼了？妳特地跑來這裡有什麼事嗎？」

「當然是想來看看學姊啊。」

潘麗寶傻眼似的說完後，將手裡的花束放到床邊的桌上。

「我本來以為妳會和妮戈蘭她們一起去四十九號島，沒想到在那之前就住院了。發現妳不在那裡時，我差點嚇出冷汗呢。」

「啊哈哈，那真是不好意思。而且妳還特地跑來探病，讓我覺得有點難為情呢。」

「我們也打算順便來檢查身體啊。其實可蓉也有一起來，她正在讓穆罕默達利醫生看診呢。」

「嗯，那確實是很重要的事情呢。」

艾瑟雅溫柔地笑道。

「……辛苦妳了，潘麗寶。妳很努力呢。」

「我沒做什麼大不了的事情啦。只是做了自己想做的事。」

「這樣就夠了。因為妳姑且是個好孩子。只要照自己的意思做，就沒有任何問題。」

「雖然很感謝妳的評價，但『姑且』這兩個字是多餘的。」

「如果省略這兩個字，反而比較像在說謊吧？」

「的確，那就沒辦法了。」

兩人一起裝模作樣地放聲大笑。

笑了一陣子後，潘麗寶恢復嚴肅的表情。

「……那麼，學姊。我認真問妳，妳的身體狀況怎麼樣？」

「喔。什麼意思？」

「我並不覺得樂觀，我知道艾瑟雅學姊從前線退下來後，身體就變得越來越虛弱。我好歹也是個妖精兵，早已做好隨時面對那種時刻的覺悟。」

「潘麗寶……」

「請妳不要隱瞞，告訴我吧。學姊還能和我們一起活多久？我們還剩下多少時間能夠報恩？」

在同一棟建築物裡，離病房有段距離的診察室內。

「沒有問題呢。」

單眼鬼(Cyclops)醫生傻眼地說道。

「醫生，我不是在問自己啦。」

可蓉搖頭回答。

「我本來就一直都很有精神。我想問的是艾瑟雅學姊的狀況。她一直在勉強自己，如今又突然住院，那個……」

「即使一直都很有精神，也不能當成疏於掌握自己身體狀況的理由。不如說身體不容易出現異常症狀，反而容易產生其他風險。」

「不對，嗯，雖然或許是這樣沒錯。」

「實際上，妳的身體狀況確實需要檢討。妳是每天都在打鐵塊嗎？雙手的骨頭都有奇怪的損傷。如果習慣了，以後會很麻煩喔。」

「嗯，看來我的技巧還不夠成熟……不對啦。先不管我的事情。」

「當然，我剛才是在說艾瑟雅。她的身體目前沒什麼問題。」

單眼鬼輕輕點頭，拿起一份原本放在桌子邊緣的病歷。

「喔～這樣啊。那太好了，真是萬幸——咦？」

這個出乎意料的回答，讓可蓉瞬間僵住。

「幸好她後來有從前線退下來。雖然很緩慢，但她也開始恢復了。當然，現在還是不能勉強。」

「咦……咦，是這樣嗎？」

「妳也知道她是個責任感很強的孩子，所以要她不勉強自己是件很難的事情。再加上現在這個時勢，實在讓人無法樂觀。」

責任感。穆罕默達利・布隆頓醫生用這個詞，應該是出於體貼。

艾瑟雅懷抱的其實是更加沉重的執著。那是贖罪的意識，以及與其緊密相連的自我毀滅的願望。她極度渴望為了同伴犧牲自己，如果不這麼做就會感到不安。

前妖精兵艾瑟雅・麥傑・瓦爾卡里斯至今仍保留了這樣的部分。

「呃，若是這樣，那她為什麼又住院了──」

「哎呀，關於這件事。其實是因為我覺得身體狀況還不錯，說不定可以不用輪椅直接站起來走路。所以我偷偷趁身邊沒人時挑戰，結果盛大地摔了一跤。」

「…………」

「我是自作自受害自己受傷，才會像這樣住院。因為實在太難為情了，我才不想張揚的，話說潘麗寶，妳幹嘛抱著自己的頭？」

「呃……我完全沒預料到會是這種展開……」

「要是被妳預料到我就傷腦筋了。那樣不就表示妳平常就認為我很笨拙嗎？」

「確實是會變成那樣沒錯啦。」

潘麗寶無力地垂下肩膀。

「……不過對周圍的人來說，那樣或許還比較好。畢竟艾瑟雅學姊平常表現得太英氣勃勃，讓人很難替妳擔心。」

「被妳這樣說，還真是有點不好意思呢。別看我這樣，我平常姑且還是有在努力建立親切的形象。」

「我認同妳的努力。」

潘麗寶勉強擠出這句話。

「而且真要說的話，菈恩托露可才是真的英氣煥發吧？」

「她的狀況是平時不需要努力，也會讓人擅自產生親切感。」

「……果然還是贏不了天生的呢。」

艾瑟雅像平常那樣發出做作般的笑聲。

一陣暖風從窗戶吹進病房。

插在花瓶裡的花輕輕擺動。

「結果——我好像能再多活久一點呢。」

艾瑟雅懷著謝罪的心情回想起老朋友的臉，露出淡淡的苦笑——

「咦，對了，緹亞忒呢？」

她像是突然想到，不對，確實是因為突然想到才問。

「她有跟你們一起活著回來吧？她沒有一起來接受診察嗎？」

「啊，她的話……」

潘麗寶說完後，看向窗外——

遠遠地，她的視線飄向一座仍位於天空某處的懸浮島。

†

莉艾兒還是個年幼的妖精。

年幼的妖精基本上不被允許離開妖精倉庫。這不只和護翼軍的軍規以及跟奧爾蘭多商會的契約有關，同時也是妮戈蘭身為監護人的基本方針——這個世界上有許多危險，在能夠自己照顧自己前，必須待在家裡。

問題在於莉艾兒完全不能接受這點。

她想出去外面，想看那些還沒見過的東西。小小的身體裡塞滿了那樣的好奇心，完全無法壓抑。如果一直把她關在倉庫裡，或許她哪天會誇張地離家出走——這不是開玩笑，而是真的很有可能發生的事情。

娜芙德．卡羅．奧拉席翁，替總是為此大傷腦筋的妮戈蘭出了一個主意。

「既然如此，要不要暫時把她交給我照顧？」

妖精如果想在倉庫外活動，必須要有地位在尉官以上的軍人從旁監視。雖然常被人遺忘，但這條規定至今依然有效。因為有些妖精兵自己獲得了技官或武官的地位，所以這條規定的實質意義確實越來越薄弱，但還是不能敷衍了事。

娜芙德目前在軍隊裡的待遇相當於三等技官。換句話說，只要隨便擬定一個名義上的作戰，她就有資格將年幼的妖精帶出倉庫。

五號懸浮島。

這裡是大賢者的活動據點，同時也是菈恩托露可．伊茲莉．希斯特里亞的職場。

一般的航線無法抵達這裡——只有巴洛尼．馬基希一等武官帶來的客人能夠進入這個神域。

「咿呀？」

莉艾兒現在的眼神前所未有地閃耀，甚至開始原地迴轉。

畢竟前後左右上下，全都是沒看過的新鮮景色。如果想盡可能享受這片景色，就只能全力旋轉了——似乎是基於這樣的理由。

她旋轉過頭，差點把帽子也弄掉了。於是她急忙按住帽子。

「我說，把這傢伙一起帶來，真的沒關係嗎？」

娜芙德一問，巴洛尼．馬基希就用與平常一樣嚴肅的表情回答：

「雖然是特例，但沒關係。大賢者大人也不會怪罪吧。」

說得還真是隨便。是上了年紀後變大方了嗎？不對，仔細回想，這位一等武官好像從以前就是這樣。

「我也很久沒被叫來這裡了。菈恩過得還好嗎？」

「這點請妳直接跟本人確認。無徵種的身體狀況不會表現在毛皮的光澤上，所以很難判斷。」

「嗯～說得也是。」

娜芙德嘟囔著：「她應該還是一樣在勉強自己吧。」

「她似乎有事情想拜託妳，請妳晚點去跟她見個面。」

「好好好，我知道了。」

「還有一件事。五號懸浮島現在迎來了有點……不對，應該說是非常特殊的客人。因為是很難應付的對象，請妳待在這裡時務必小心。」

「哈哈，不特殊的客人能來這裡嗎？」

「即使如此，還是要請妳小心。」

「好好好，我知道了。喂～莉艾兒，妳聽見了嗎？如果到處亂跑，遇到不妙的傢伙就糟了……」

娜芙德左右張望，尋找嬌小的妖精。

明明她剛剛還在旁邊轉個不停，還因為轉過頭而變得頭昏眼花。然而不曉得從什麼時候開始，她的身影不見了。

「……啊～」

「妳們這些妖精是不是只要稍微移開視線，就會趁機立刻消失啊？這次的小孩又特別厲害。速度快到讓人完全感覺不到氣息。」

「是啊。雖然很感謝你表現得毫不動搖，但這狀況該不會很不妙吧？」

「沒錯，確實是很糟糕的狀況。」

兩人互望彼此一眼。

「我去那邊找。麻煩你先去通知銀眼的小姐們。」

「了解。」

兩人分頭衝了出去。

至於此時的莉艾兒。

她本來想偷偷在沒看過的地方探險，結果遇到了一個陌生人。對方的外表看起來是個年紀和莉艾兒差不多的無徵種小孩。

「是妖精！」

那個孩子一看見莉艾兒，就立刻這樣大喊。面對這個反應——

「是妖精沒錯！」

莉艾兒高舉雙手宣告。

光靠這段對話，就讓兩人對彼此放下了警戒——應該說放棄認真思考。她們互相摸著彼此的臉頰，開始自我介紹。

那個女孩的名字似乎叫**艾陸可**。

「妳是從哪裡來的？」

被這麼問的女孩稍微思考了一下，將手指比向上方。

「二樓？」

莉艾兒一這麼問，對方就不斷搖頭。看來似乎是想表達自己來自更上面的地方。

這座五號懸浮島位於相當高的地方。來這裡之前，必須不斷轉乘各種飛空艇，不斷往上飛。所以莉艾兒覺得，自己終於來到這個世界最高的地方。

其實她會這麼想也不無道理。在懸浮大陸群的居民當中，絕大部分的人都沒機會來到這麼高的地方。她現在確實來到了這個世界實質的頂點。

只是現在和她對話的對象實在太特殊了。所以——

「還有更上面的地方嗎？」

莉艾兒眼神一亮。

這個世界非常寬廣。有許多還沒見過的東西，和許多還沒去過的地方。本來以為自己終於來到了最高的地方，沒想到還有更高的地方。

在自己所知的世界外側，一定還有更加寬廣的世界。

只要一直追尋遠方的景色，就能看得越來越遠，讓世界繼續變得更寬廣。

她想去看。想去親自體驗那種感覺。無論要前往何方。

「原來妳跑來這裡啦。」

某人抓住了她的脖子。

「娜芙德！妳聽我說，這孩子是從更高的地方來的！」

「啥？」

她的眼神像在說：「這傢伙突然在說什麼啊？」然後交互看向「這孩子」——艾陸可和莉艾兒。

「更高的地方，聽起來很棒！我想去那裡！」

「我說妳啊。都來到了這麼高的地方，居然還說這種話。」

娜芙德傻眼地說道，但下一個瞬間就笑了出來。

「唉，說得也是。這是所謂的浪漫啊。這種心情就是會從內側不斷湧出呢。」

「嗯，浪漫浪漫！」

莉艾兒不斷揮動雙手。艾陸可也開心地喊著「浪漫」並轉動手臂。

「不過，執著到這個地步，確實會讓人感到不可思議呢。莉艾兒，為什麼妳這麼想去遙遠的地方？」

「咦？」

莉艾兒用力眨了一下眼。

「一定要有理由嗎？」

「該說是理由，還是原因呢？只是覺得應該有什麼契機之類的。」

「嗯……雖然，搞不太懂。」

莉艾兒開始思考。

「……感覺必須多看點東西，至少要看三人份。」

「真～的讓人搞不懂呢。」

「嗯……」

莉艾兒對自己說出口的話感到困惑。此時——

「啊。」

一陣風吹起。

三人目前在這座不算大的五號懸浮島外圍的迴廊。護欄的對面是空無一物的天空。

一陣風掠過莉艾兒頭上的帽子，瞬間將其吹到外面。

「啊、啊！」

在莉艾兒大喊的期間，風持續往上吹。帽子變得越來越小，然後消失在雲層當中。

「太奸詐了！」

莉艾兒大喊。自己明明想去那裡，想去那裡看看。結果只有帽子自己跑去了。

「嗚嗚……」

莉艾兒不甘心地溼了眼眶，然後下定決心。

自己總有一天一定也要去那裡。

不對，還要去到更遠的地方。

只要有人持續觀望，世界就能無限制地擴大。所以，在發現盡頭的時候，一定還能再找到更遠的盡頭。這趟旅程一定能夠不斷地持續下去。

世界盡頭的另一端──天空盡頭的另一端──在比從來沒人見過的可能性的盡頭還要遙遠的另一端。

總有一天，要去那裡旅行。

這麼一來，一定──

（…………一定還能再見到某個人…………）

想到這裡，莉艾兒困惑了一下。

或許還能再見到某個人。這真的是個非常突然，沒來由地出現在腦中的想法。

真要說起來，莉艾兒根本不曉得自己想再見到誰。

該不會是自己比現在還小的時候，在現在已經完全不記得的小嬰兒時期，曾經見過的某人吧？或許真的有那樣的人。不過，即使與自己不記得的對象重逢，感覺也不是什麼值得慶幸的事情。

（……嗯。又好像不是這樣？）

即使自己不記得也沒關係。即使對方已經忘記也無所謂。

無論是初次見面或重逢，都不會影響邂逅的意義。因為在那之後，一定又會有什麼新的開始。

「好！」

莉艾兒朝空中舉起自己小小的拳頭，表明自己的決心。

然後，筆直朝著身分不明的某人——

「等著我吧——！」

「總有一天，也能抵達那片遙遠的天空」
-from me to someone-

大聲吶喊。

天空無限遼闊。

莉艾兒的聲音宛如被吸入藍天般，瞬間消散。

「又再見了呢」

-his promise and their result-

姊夫直到最後都在幫忙反對。

然而，雙親與祖父母卻對這件事著實感興趣。

他們談的是政治婚姻。

少年當時十歲，女方則是七歲。兩人在一個很有氣氛的庭園相遇，他們稍微受到彼此吸引，約好要再見面後就互相道別了。

之後他們又見了幾次面，有時一起聊些無關緊要的話題，有時一起玩盤上遊戲。而每次分別時，他們果然還是會約好要再見面。

有一次，他們吵架了。這次他們沒有約好要再見面。而兩人的關係也到此結束。之後發生了撼動懸浮島，應該說威脅到整個懸浮大陸群的大事件，兩人生活的世界就這樣被澈底撕裂了。

（——其實，我想跟她再見一次面，向她道歉。）

在萊耶爾市的廢棄劇場上。

少年本來想找個沒人的地方吃甜甜圈，才會來到那裡。

那裡有個女孩子。從她身上感受不到生氣，給人的感覺像具精巧的人偶。即使心裡確定不該和她有所牽扯，少年不知為何還是向她搭話，和她聊了起來。和一開始的印象完全相反，少女其實是個表情相當豐富的人。

後來，兩人在護翼軍的總團長室重逢。而且少女還偏偏成了他名義上的部下。在那之後，他開始過著被那名少女——還有她的同伴們——以及後來加入的女孩們——耍得團團轉的日子。

少年受到每天都過得很開心的她們吸引，並對打算捨棄未來的她們感到憤怒，在發現自己其實也選擇了同樣的生活方式後感到煩躁。

結果少年無法阻止她們為了守護其他人而犧牲自己。以她們的性命為代價，少年倖存了下來。

（——其實我想變得更坦率一點，支持她們。）

少年希望能與她們重逢。

他想贖罪。

想再次見到她們的臉，並讓她們見到自己。

他無法原諒自己居然懷抱這樣的願望。

這份彆扭的心意驅使著少年——並將他導向一個結局。在科里拿第爾契市的大舞台，英雄誕生的時刻，少年的願望實現了。

他確實與她們重逢了。

不過同時也產生了新的別離。

他或許成功贖罪了。

不過同時也造就了新的罪孽。

她們最後展現給少年看的表情有憤怒，有悲傷，也有驚訝，沒有一個是他一直想看見的笑容。

而少年當時確實死了。

他的精神也消失在黑暗當中。

（——其實——其實我想要的是其他——）

之後又過了一段期間。

一名黑髮青年透過便宜的報紙得知了那起事件。

然後，另一個人。

少年融入那個青年體內的精神碎片，也得知了那件事。

†

——聞到了花香。

†

——感覺眼皮外層有光。

†

——好像聽見了某人的聲音。

†

緩緩睜開眼睛後。

視野被染成一片空白。

之後瞳孔緩緩縮小。世界逐漸出現色彩，那些色彩產生輪廓，他現在終於能看清楚周圍的樣子。

這裡看起來是個用石頭打造的房間。

室內很明亮，似乎是設計成能夠讓陽光照進來的房間。白色的牆壁也幫忙增添了明亮感。除此之外，房間裡還種了五顏六色的花朵。啊～看來這裡是個類似屋內庭園的地方。

自己似乎正躺在靠近屋內庭園中央，一座只有屋頂和柱子的小涼亭裡。

（……我……）

自己到底是誰？

大腦還無法正常運轉，什麼都想不起來。

雖然試著活動身體，但全身都使不出力氣。簡直就像忘了怎麼使用身體。

（……有什麼人在……？）

沒錯。聽得見別人的聲音。

是女性的聲音。

有兩個人。

她們好像在爭論什麼。

他使出所有心力後，總算成功轉動脖子。聲音的主人映入眼簾。

和從聲音獲得的印象符合，是兩個大約二十歲左右的女性。

其中一個是擁有嫩草色頭髮的無徵種。另一個人的黑髮帶有些許貓咪的特徵，但整體來看還是沒什麼特徵。

他坦率地覺得兩人都很漂亮。並不是指外表，而是隱約能從兩人的站姿看出她們擁有堅強的意志，和隱藏在內心深處的溫柔。

他同時也覺得好像在哪裡見過她們，但馬上又覺得不太可能。大腦還無法正常運轉，雖然完全不記得**自己**過去的事情，但感覺是這樣。自己認識的**那些孩子**們應該更為年幼……不對，應該是介於小孩和大人之間的年齡。

她們究竟在說什麼呢？

他集中精神傾聽——

最後的藥應該差不多開始生效了。

身體應該已經完全治療好了。

應該可以直接叫醒他。

那這件事應該交給妳來做。

不不不，沒這回事，我把這個機會讓給妳，交給妳了。

但我不曉得該用什麼樣的表情面對他。

隨便什麼表情都好吧，總之他第一個看見的人應該要是妳。

就結果來說，沒什麼意義。兩人的對話應該沒有特別難懂，但尚未正常運作的大腦還是完全無法理解。

身體──勉強可以動。

他試著活動似乎已經萎縮的手腳，抬起上半身。

他張開嘴巴──

「不好意思……」

發出了聲音。

這裡是哪裡？我是誰？他原本想問這些問題，但無法順利說出這些話。

兩人看向這裡。

睜得大大的眼睛，彷彿感到難以置信般。

兩人的眼眶裡逐漸盈滿淚水。

（咦……咦？）

害她們哭了。自己該不會做了什麼不妙的事情吧？既然如此，必須得道歉才行。雖然不曉得道歉後能不能獲得原諒，但總之要趁還能道歉的時候，向她們道歉才行。

就在他想著這些事時，黑髮的女性動了起來。她衝向這裡，像是要直接跳進對方懷裡般抱緊他。

「咦……」

這已經遠遠超過眼眶泛淚的程度。

女子開始放聲大哭，她將臉埋進他病人服的胸口，那裡瞬間就被淚水沾溼。

她的哭泣聲，刺激著記憶深處。

「……瑪……格……？」

這個名字成了關鍵。

原本冰封的記憶迅速融化，滿溢而出。

瑪格莉特．麥迪西斯。父母擅自替他決定的年幼未婚妻。像家人一樣重要，不對，比大部分的家人還要重要的人。

原本以為再也無法見到的人。

最後一次見到她，已經是很久以前的事情。艾爾畢斯集商國還在時，兩人曾經吵過一架，之後就再也沒見了。瑪格當時還是個小孩子。明明是這麼久以前的記憶，但不知為何與眼前的女性重疊在一起。

†

名叫費奧多爾．傑斯曼的少年，當時確實死了。

他的精神與〈獸〉同化，接受了龐大人數的敵意與殺意，揮舞莫烏爾涅。這個遠遠超過自身器量的暴行，毫不留情地消滅了他肉體的精神。

但他當時位於其他地方的精神碎片，並沒有因此被消滅。

那是一塊透過墮鬼族的瞳力，融入威廉．克梅修屍體裡的微小記憶與思念的碎片。只有那塊碎片倖免於難。當那塊碎片從威廉的身體獲得解放後，便按照墮鬼族瞳力的規則，回到陷入假死狀態的本人體內。

當然，那塊碎片並不知道科里拿第爾契市的戰鬥。與姊姊的對立、和菈琪旭一起經歷的逃亡、和莫烏爾涅之間的關係，以及作為魔王參與的最後戰役。費奧多爾在這個世界留下的一切，幾乎都和他完全沒有關係。

已經死去的人和已經喪失一切的人，不會再次復活。現在這個他，不能算是眾所皆知的名人——費奧多爾．傑斯曼本人。

不過，即使如此。

他當然還擁有成為魔王之前，在故鄉艾爾畢斯和護翼軍中生活的記憶，也還記得當時與人約好要再次見面。

既然還記得那個約定，當然要好好遵守。

†

「…………」

他抬頭看向另一名女性。

她淚流滿面，但臉上仍掛著笑容。

「給我咬緊牙關。」

女子如此說道。

他無法理解這句話的意義，困惑地愣住。接著女子舉起手，用力揮了下來——

啪。

她的手掌在碰到他的臉頰前失去力道，最後只發出微弱的聲響。

「……請問……」

他無法理解。

「剛才那……到底是……怎麼回事？」

「我早就……決定了。等下次見到你……絕對……要先賞你一巴掌。」

到底該說是哽咽裡摻雜著說話聲，還是說話中摻雜著哽咽呢？

那位女性——妖精兵緹亞忒·席巴·伊格納雷歐勉強擠出聲音說道：

「剩下的話……全部、全部都要等打完你再說。」

「緹亞忒……」

「總算，抓到你了。」

女子抓緊他的手。雖然力道不算強，但考慮到他身體衰弱的狀況，應該無法甩掉。

「這次絕對不會讓你逃掉。」

他看向緹亞忒的臉——再看向仍在哽咽的瑪格的頭——再重新看向緹亞忒的臉——最後困惑地移開視線，決定先仰望涼亭的天花板。

然後，青年總算想起自己的名字，放棄似的說道：

「看來是這樣沒錯。」

後記

即使一個故事結束，世界也不會就此終結。留下來的人、繼承的人與一部分被喚醒的人，都會繼續展開新的故事，然後不斷延伸下去。在末日之後，他們仍會繼續活下去。

在此以這樣的感覺，為各位獻上《末日時在做什麼？能不能再見一面？》的最終章。

如果要對先看後記的讀者們爆雷，那就是懸浮大陸群沒救了。我沒有說謊。

現在我才能坦白講，原本這系列的分量預定和上個系列一樣，都是五集完結。然後明明基本的情節沒什麼改變，卻在不知不覺間多走了一倍的路。

按照原本的預定，我想想……第一集還是第一集，只有這部分是按照預定。

原本應該是第二集的故事，變成了實際的第二集至第三集的〈反叛者篇（暫稱）〉。

原本應該是第三集的劇情，變成了第四集至第六集的〈古都篇（暫稱）〉。

原本的第四集，變成了第七集至第八集的〈英雄篇（暫稱）〉。

從原本什麼都沒有的地方，憑空生出了第九集。

然後本來應該放進最後一集的故事，這次變成第十集至第十一集的〈世界的破壞者篇（暫稱）〉。

即使經過了這麼多波折，還是來到了最後一集。

他們和她們漫長的故事，到此告一段落。雖然這次也跟上個系列一樣發生過許多事，但在各方人士的支持下，總算走到了這一步。

這個系列一直以來都沒在結尾向相關人士致謝（因為我覺得那算是製作方內部的事，不應該寫在給讀者看的後記裡），但只有這次，連同最近因為上個系列的事情關照過我的人們在內，請讓我在此統一致謝。

歷代的兩位責任編輯，Ｇ和Ｋ責編。

幫忙將這個故事製作成書籍，以及將書送到各位讀者手中的所有人。

繪製漫畫版的せうかなめ老師。

在Audible版為故事注入聲音的矢尾幸子大人。

在動畫版……不好意思，沒辦法把所有人的名字都列進來，曾經在那部名作誕生的過程中出一份力的所有人。

當然還有為這個世界帶來光芒，和我一同創作出這個作品的ｕｅ老師。

以及陪伴這個漫長的故事到現在的所有人。

再次對各位致上最深的謝意。真的非常感謝。

關於下一個故事，我目前還沒有任何計畫。所以未來仍是一張白紙。我還有很多想寫成書的故事，正在迷惘該從哪一個開始。

因此最後，請讓我用後記慣例的那句話做結。

那麼，但願我們能再次在某片天空下相見！

二〇二一年　春

枯野　瑛

菜鳥鍊金術師開店營業中 1 待續

Kadokawa Fantastic Novels

作者：いつきみずほ　插畫：ふーみ

日本於2022年10月起TV動畫好評播放中!!
菜鳥鍊金術師意外展開鄉村店舖經營生活

取得鍊金術師的國家資格，夢想迎接優雅生活的珊樂莎，收到了來自師父的禮物——也就是一間店，卻是位在比想像中更鄉下的地方!?悠閒的店舖經營生活就此展開，在怡然自得中，目標是成為獨當一面的國家級鍊金術師!!

NT$250/HK$83

熊熊勇闖異世界 1~17 待續

Kadokawa Fantastic Novels

作者：くまなの　插畫：029

旅途中的試煉！
即將面臨的對手是——

為了查出熊礦的祕密，優奈一行人前往矮人所居住的路德尼克城。結識戈德與加札爾的鐵匠師父——洛吉納和他的女兒莉莉卡之後，優奈決定踏入一年開啟一次的「考驗之門」，挑戰鐵匠與冒險者的實力測驗。出現在門內的對手卻出乎意料……！

各 **NT$230~280/HK$75~93**

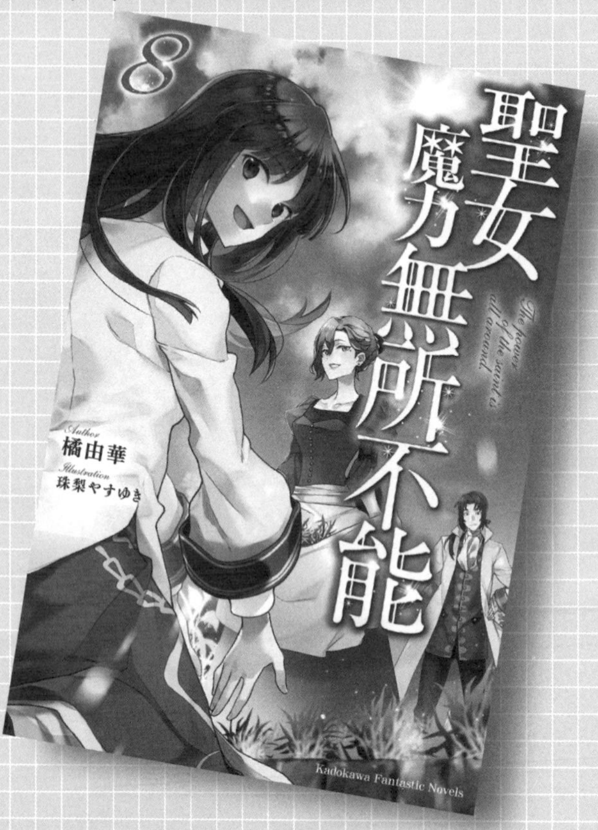

聖女魔力無所不能 1~8 待續

Kadokawa Fantastic Novels

作者：橘由華　插畫：珠梨やすゆき

全心投入於研究中的聖，
還不小心製造出新的高級產品!?

回到王都後，聖回歸本行，繼續從事藥用植物研究所的工作，卻因為想培育的植物太多，沒有足夠的田地！聖找約翰商量這個問題……最後設立了研究所的分室，用來管理藉由「聖女的法術」培育的機密藥草……這已經是聖女專用研究所了吧？

各 **NT$200~230/HK$67~77**

國家圖書館出版品預行編目資料

末日時在做什麼？能不能再見一面？/ 枯野瑛作；李文軒譯. -- 初版. -- 臺北市：臺灣角川股份有限公司, 2022.11-
冊；　公分. -- (Kadokawa fantastic novels)
譯自：終末なにしてますか？もう一度だけ、会えますか？
ISBN 978-626-321-962-5(第 11 冊：平裝)

861.57　　　　111014880

Kadokawa
Fantastic
Novels

末日時在做什麼？能不能再見一面？11（完）

（原著名：終末なにしてますか？もう一度だけ、会えますか？#11）

2022年11月9日 初版第1刷發行
2023年6月7日 初版第2刷發行

作者：枯野瑛
插畫：ue
譯者：李文軒

發行人：岩崎剛人
總編輯：蔡佩芬
編輯：楊芫青
美術設計：李思穎
印務：李明修（主任）、張加恩（主任）、張凱棋

發行所：台灣角川股份有限公司
地址：104台北市中山區松江路223號3樓
電話：（02）2515-3000
傳真：（02）2515-0033
網址：www.kadokawa.com.tw
劃撥帳戶：台灣角川股份有限公司
劃撥帳號：19487412
法律顧問：有澤法律事務所
製版：巨茂科技印刷有限公司
ISBN：978-626-321-962-5